湛庐CHEERS

与最聪明的人共同进化

HERE COMES EVERYBODY

好故事如何掌控思维

[美] 乔纳森·歌德夏 著
Jonathan Gottschall
许可 译

THE STORYTELLING ANIMAL

中国纺织出版社有限公司

测一测

你了解大脑是如何讲故事的吗？

扫码加入书架
领取阅读激励

扫码获取全部测试题及答案，
一起探索好故事
如何掌控思维

- 人类“讲故事”的本能不仅是为了娱乐，而且具有很多生物进化的色彩，是进化中必不可少的因素。这种说法对吗？（ ）

  A. 对

  B. 错

- 虽然我们被虚拟故事吸引是因为虚拟故事能给我们带来快乐。但实际上，虚拟故事中的大部分内容都是令人不快的。这是真的吗？（ ）

  A. 真

  B. 假

- 以下哪项是梦的作用？（ ）

  A. 帮助我们将新的经验放置在介于短期记忆和长期记忆之间的恰当位置

  B. 帮助我们进行自我疗愈

  C. 将无用的信息从我们大脑中剔除

  D. 以上都是

扫描左侧二维码查看本书更多测试题

推荐序

THE
STORYTELLING
ANIMAL

让故事带我们放慢脚步

黄天怡
电影《驴得水》制片人
知名译者

相信你一定感觉到了，我们正处于一个“快”时代。

信息的传播、人群的流动、技术的更迭……一切都在越来越快地加速运转。当 4G 已经因为太慢被提升到 5G，当受欢迎的短视频时长从 5 分钟缩短到 3 分钟，当“卷”的年龄从 20 岁提前到了 2 岁……洪流之中，我们都在身不由己地被推着往前走。

诺贝尔经济学奖得主丹尼尔·卡尼曼[①]曾经将人类的思维方式归纳为两大类：快思维和慢思维。其中，快思维被认为是一种更快速、更不消耗脑力、更下意识的思维方式。如今恰是“快思维”大行其道的时代。我们开始创造越来越多的“概念”和“公式”，让它们代替我们来思考和判断——想想那些“三步学会”“五分钟读懂”的公号爆款文章吧；还有 IMBT 人格测验的流行，竟让每个人都变得可以用四个字母来概括。快思维倾向于为复杂的问题寻找简单的答案，并且非常容易为惯性驱使。于是发达的信息并没有帮助我们摆脱标签，只是徒增了标签的数量。

那么，问题来了：该怎样回归更有控制力、更主动的思维方式？

让我们想想这个快时代为什么能让我们如此身不由己。短视频能做到频繁轰炸你的“爽点”，手游能通过层层递进的奖励吸引你不断氪金，这些被科技外衣包裹的产品都拥有一个共同的内核，那就是对人类思维模式的掌握。没有什么是凭空而来的。正因为它们把人类的思维机制研究透了，才能精准地设下重重圈套，包你一个欲罢不能。

所以说，挣脱这些圈套的本质，是进行一场夺回大脑主权的战役。为了做回自己的主人，我们也要去理解我们的思维，这就涉及人类学、脑科学、哲学、心理学……如果你也像我一样感到有些不得其门而入，那么“故事”就是我们需要的那个最易上手、最深入浅出，同时也是覆盖面最广、延展性最强的工具。

被称为“好莱坞编剧教父”的罗伯特·麦基在《故事》一书中写道：

故事是人类思维的镜像。

从几万年前的火堆旁，到如今的大银幕前，经过时光的淬炼，人类将故事锻造出了一个固有的结构。这个结构并非无中生有，它反映的恰恰是人类共有的精

① 诺贝尔经济学奖得主、行为经济学之父丹尼尔·卡尼曼，他的《噪声》已经由湛庐文化引进，浙江教育出版社出版。——编者注

神 DNA。越是深入地了解故事，我们就越会为它与人类思维特性的高度契合而感到惊叹。为什么故事都有起承转合？为什么都有一个主人公？为什么一定会发生冲突？然后一定会有一个高潮和一个结局？所有这些都是因为符合了人类的期待才被保留下来。因此，只要我们能够摸清故事构建的基本规律，我们就可以反过来用它去窥视潜藏在我们心灵中的秘密。

除了故事的结构，故事的内容也是一个值得挖掘的宝库。心理学家荣格著名的“原型”理论，就是建立在对经典神话与童话的解析之上。这些历经千万年流传下来的故事已经超越了普通文学创作的范畴，成了集体潜意识的承载之物。换句话说，它们凝结的是人类共有的经验，传递的是人类共通的情感。不仅如此，它们还集中了各类情节与人物的“范式”。直到今天，不论是好莱坞还是短视频，所有的故事包装得再光怪陆离，其内核也依然是万变不离其宗。所以了解故事的“祖先”——故事原型，能让我们不那么容易被表象迷惑，而更能直探本质。

当我们掌握了故事的原理，理解了故事的规律，我们就能领悟到故事的意义，从而看到“快时代”真正的问题。我们会意识到这个网速越来越快的世界只不过在不断地给我们提供零散的信息，它们是散乱的、割裂的，它们不能构成一个故事。如果不假思索地任由这些信息占据我们的大脑，我们很快就会被 AI 取代。如果我们仅仅明白信息之间要存在关联，但缺乏构建这种关联的能力，也只能束手就擒地接受他人创造出的虚假故事，于是渐渐地变成了等待被收割的韭菜。

我们每个人都应该拥有只属于自己的故事。所有的过往构成了我们独一无二的故事背景，所有的体验就是故事中精彩纷呈的章节。世上的信息再繁杂，也不过是我们用来讲述的语句，而我们自己就是这个故事的主人公，无人可以取代。看懂银幕和纸页上的故事，最终的目的是为了撰写我们自己的人生故事。让故事不再止步于消遣，而是能切实地帮助我们理解自己和他人，与世界建立起联系，为人生赋予意义。愿故事赐予我们力量。

前　言

THE STORYTELLING ANIMAL

人，是讲故事的动物

统计学家们一致认为，如果能抓到一些长生不老的猴子，把它们关在一个有打字机的房间里，让它们永无止境地疯狂地敲打键盘，那么这些猴子最终会敲出一部可媲美《哈姆雷特》的作品，其中每个句号、逗号以及“以上帝的血起誓”这类词语都能运用得恰到好处。但很重要的一点是，这些猴子必须是长生不老的，因为统计学家们也承认，这一过程需要花费很长的时间。

有人持怀疑态度。2003 年，英国普利茅斯大学的研究人员为所谓的“长生不老猴理论”设计了一个实验性测试。之所以是实验性测试而非定性测试，是因为没有不会死的“超级猴子”种群，也无法在无限长的时间中进行测试。但实验人员的确搞到了一台旧电脑和六只苏拉威西黑冠猕猴。他们把机器放进猴笼，然后关上了门。

猴子们嘟囔着围在电脑周围，目光紧盯电脑。它们用手掌触碰电脑，还尝试用石头“杀”了它。它们蹲在键盘上，绷紧身体排泄。它们拿起键盘，尝尝好不好吃，发现不好吃，就把键盘摔到地上，发出尖叫声。它们开始摆弄键盘，一开始很慢，后面越来越快。研究人员气定神闲地坐在椅子上，等待着。

图片来源：Vintage Zmages/Alarny。

整整两个星期过去了，这几只懒猴子仍然没有写出《哈姆雷特》，甚至连第一幕都没完成。但它们的确合作“创作”出了大约五页的文稿。于是，研究人员自豪地将这些书页装订成了精美的皮革本，命名为《通向莎士比亚全集的笔记》（*Notes Towards the Complete Works of Shakespeare*），注册了版权并发到网上。我在此引用其中一个有代表性的段落：

Sssssssssssssssssssssssssssssssssssssssssssssnaaaaaaaaaaaaaa

Aaaaaaaaaaaaaaaaaaaaaaaaaaaasssssssssssssssssfssssfh－gggggggggssssssssssssssss
sssssssssssssssssssssssssssss

Assfssssssssgggggggggaaavmlvvssajjjlsssssssssa

实验中最值得注意的一项发现是：在字母表中的所有字母里，苏拉威西黑冠猕猴最喜欢字母 s，但这一发现的深层含义还有待探索。该研究的首席研究员、动物学家埃米·普洛曼（Amy Plowman）冷静地总结道：“这项工作很有趣，但没有什么科学价值，只能表明‘长生不老猴理论’存在缺陷。”

简而言之，似乎每一位统计学家的伟大梦想都是有朝一日能读上“超级猴子”版的《哈姆雷特》，但现在看来只能是一个幻想了。

但是，文学学者田中次郎的一席话也许能给统计学家们一点安慰。他指出，虽然《哈姆雷特》不是猴子写的，但也是由灵长类动物写的，具体来说，是类人猿这种动物。田中写道，在史前的某个时候，“寿命有限的类似黑猩猩的南方古猿种群中分化出寿命比较长的双足类人种群，然后这个分化出的双足类人种群又分化出少体毛灵长类动物。在非常有限的时间内，这些灵长类动物中确实有一员写出了《哈姆雷特》”。

早在灵长类动物想到要写《哈姆雷特》《小丑哈里昆斯》或《哈利·波特》的故事之前，它们便已经聚在篝火周围交换各种胡说八道的故事了：勇敢的骗子和年轻的恋人、无私的英雄和精明的猎人、悲伤的酋长和聪明的女巫、太阳和星星的起源、神灵的本源，等等。

数万年前，当人类的心智还年轻、数量还很少的时候，就已经互相讲述故事了。到了数万年后的现在，人类的足迹遍及全球各地，但其中大多数人仍然对事物起源的神话深信不疑。人类依旧对书页、舞台和屏幕上的大量虚构故事感到兴奋，不论涉及的主题是谋杀、性、战争，还是阴谋，也不论故事是真实的还是虚构的。人类这一物种总是对故事很上瘾。即使身体进入睡眠状态，人类的大脑也会整夜不睡，自己给自己讲故事。

本书讲述的就是灵长类动物中的“故事人”（homo fictus），即具有讲故事的头脑的大猩猩。虽然你可能没意识到，但你是一种来自想象的国度——梦幻岛（Neverland）的生物。梦幻岛就是你的家园，你将在那里度过几十年的时间，直至死去。如果你以前没有注意到这一点也不要绝望：故事之于人如同水之于鱼，它包罗万物，但不太容易感觉得到。虽然你的身体总是囿于某个特定的时间和空间点，但思想始终可以自由地在虚幻的国度中漫游，事实就是如此。

然而，梦幻岛仍然是一个不为人所知、尚待探索的国度。我们不知道自己为什么如此渴望故事，甚至不知道梦幻岛为什么存在，更不知道自己在梦幻岛的经历能否塑造以及如何塑造人的个体和文化。简而言之，这类问题对人类的处境具有重要意义，但我们却还没有充分地理解它。

本书的灵感源自一首歌。在一个秋高气爽的日子里，我开车驰骋在高速公路上，心情雀跃地旋转着调频收音机旋扭，一首乡村音乐歌曲响起。对于这种选曲灾难，我通常的反应是疯狂拍打收音机，努力终止噪声。但是这位歌手的声音里有一些特别真挚的东西让我没有转台，反而听了下去。歌曲讲述了一个年轻人向自己的心上人求婚的过程。女孩的父亲让年轻人在客厅里等待。年轻人盯着一张照片：一个假扮成灰姑娘的小女孩在骑自行车，“举着冰棍咧嘴笑着跑过洒水车，和她爸爸跳舞，仰望着他”。这个年轻人突然意识到，他正在从这位父亲那里夺走一件珍贵的东西：他正在偷走灰姑娘。

不等这首歌结束，我已经哭得不能自抑，不得不把车停在路边。查克·威克斯（Chuck Wicks）的歌曲《偷走灰姑娘》（*Stealing Cinderella*）抓住了所有女儿的父亲心中那个“甜蜜的痛苦”：你明白自己不会永远是她生命中最重要的男人。

我呆坐了很久，悲伤难抑，但也不由得感叹威克斯简短的音乐故事竟能如此迅速地把我这个成熟的大男人融化，让我陷入纯粹的无助中。在一个美丽的秋日，一个故事悄然出现，让我们欢笑或哭泣，暗生情愫或愤怒不已，让我们全身绷紧，改变我们对自己和世界的想象，这真是太奇怪了。当我们体验故事时，不论它来自书、电影还是歌曲，我们允许自己被讲故事的人入侵。讲故事的人进入了我们的脑袋，控制了我们的大脑。威克斯就在我的脑子里，他在黑暗中蹲守，刺激腺体，点燃神经元。

本书从生物学、心理学和神经科学的角度出发，尝试解释在那个明亮的秋日里发生在我身上的事情。我知道，这个把科学本身以及与科学相关的精密仪器、冰冷的统计数据、不可爱的行话带入梦幻岛的想法，会让很多人感到紧张。对于人类的想象力来说，虚构、幻想、梦境是一种神圣的保护，它们是魔法世界的最后堡垒，是科学不能、也不应该渗入的地方。万万不可将古老的神秘力量祛魅，解释为大脑中的电化学风暴，或自私基因间的永恒战争。很多人担心，如果我们尝试解读梦幻岛的力量，最终的结果可能是导致它完全消解。正如华兹华斯所说，你必须先谋杀才能进行剖析。但我不同意这种观点。

想想科马克·麦卡锡（Cormac McCarthy）的小说《长路》（*The Road*）的结局。麦卡锡跟随一个男人和他的小儿子穿过一个死寂的世界，一片“渣滓地”，寻找他们最需要的生存资料：食物和人类社群。我在客厅地毯上的一方阳光下，翻来覆去地读完了这本小说，就跟我小时候一样。我合上书的时候，身体不由得颤抖起来，为那个男人和男孩，为我自己短暂的生命，为骄傲、愚蠢的整个人类物种。

在《长路》的结尾，男人死了，但男孩却跟着一个由“好人”组成的小家庭继续生活，小家庭中还有一个小女孩。在这里，人类残存着一丝希望：男孩可能是新的亚当，女孩可能是他的夏娃。但一切都很难讲，整个生态系统已经消亡，不知道人类能否存活足够长的年月，长到可以实现生态系统的恢复。在小说的最后一段，麦卡锡将笔触从男孩和他的新家庭中抽离，用一首美妙且隐晦的散文诗向我们告别：

> 深山溪谷间，你可看到河鳟在琥珀色流水中栖止，鳍片勾覆的白边顺流水拨出涟纹。它们凑在你手中嗅闻苔藓的气息。亮泽，有力，扭动不停。鱼背上弯折的鳞纹犹如天地变幻的索引，是地图，也是迷津，导向无法复位的事物、无能校正的纷乱。河鳟优游的深谷，万物存在较人的历史更为悠长，它们在此低吟着秘密。[①]

这是什么意思？是对一个永远不会再有生命的死亡世界的讴歌，还是对“世界未来的索引”的描绘？那个男孩可能还活着，与好人们一起在生机盎然的森林里钓鳟鱼？还是这个男孩已经死了？对于这些问题，科学无法回答。

但科学可以解释为什么《长路》这样的故事对我们有如此大的影响力。本书讲述了科学和人文领域的探索者如何使用新的工具、新的思维方式来打开梦幻岛这个广阔的未知领域；讲述了故事如何充实我们的生活，从电视广告到白日梦，再到职业摔角的滑稽场面；讲述了儿童虚构世界的混乱快乐中的深层模式，也告诉了我们故事的史前渊源；讲述了虚构故事如何巧妙地塑造我们的信仰、行为和道德，如何有力地改变了文化和历史；讲述了我们称为梦境的具有精神创造力的夜间故事的古老谜题；讲述了一组大脑回路（大多数时候聪明但偶尔很愚蠢）如何在我们混乱的生活中强制进行叙事建构；讲述了虚构故事不确定的现在和充满希望的未来。最重要的是，它讲述了故事里深深存在着的神秘属性。为什么人类会沉迷于梦幻岛？人类是如何成为讲故事的动物的？

① 译文引自科马克·麦卡锡：《长路》，毛雅芬译，九州出版社，2018。——译者注

目 录

THE STORYTELLING ANIMAL

01

故事处于人类
生活的中心地位

THE
STORYTELLING
ANIMAL

阁下！当你卖给一个人一本书的时候，你卖给他的不仅仅是12盎司的纸张、墨水和胶水，你卖给他的是一个全新的生活。爱情、友谊、幽默和夜航船，书中自有一个完整的天地，我是说在一本真正的书中。

——克里斯托弗·莫利（Christopher Morley）

《车轮上的诗坛》（*Parnassus on Wheels*）

人的思想会不由自主地屈服于故事的吸引力

人类的生活与故事紧密相连，这使我们对故事怪异诡谲的力量彻底麻木了。因此，在开始这段旅程之前，我们需要剥去故事外层熟悉的包装——那层让我们无法注意到其奇怪之处的屏障。你要做的是打开一本故事书，任何一本都行，然后留意它对你的影响。拿纳撒尼尔·菲尔布里克（Nathaniel Philbrick）的《海洋深处》（*In the Heart of the Sea*）来说，虽然这不是一部小说，但它仍然是一本故事书，而且是一本精彩的故事书。菲尔布里克塑造了一个引人入胜的真实灾难故事：捕鲸船“埃塞克斯号”被一头庞大凶猛的抹香鲸击沉——这个故事启发赫尔曼·梅尔维尔（Herman Melville）创作了《白鲸》（*Moby Dick*）。

在我简单介绍《海洋深处》之前，我希望你能把持住自己。菲尔布里克是个狡猾的老巫师，笔就是他的魔杖，他会透过读者的眼睛施法，把读者的思绪抽离出来，让他们跨越时间和空间的界限。你必须集中注意力才能抵御这种巫术。请牢记你身下椅子的触感，或是背景中的交通噪声，或是手捧书籍的切实感觉。

第一页。现在是 1821 年，捕鲸船“海豚号”正在南美海岸附近航行。来自楠塔基特岛的捕鲸员们正紧张地盯着海面上的缕缕喷气，因为那就是猎物所在。“海豚号”的船长秦瑞·柯芬（Zimri Coffin）发现一艘小船在地平线处起伏，便喊舵手去把小船带到他的大船背面。菲尔布里克写道：

> 在柯芬的注视下，舵手将船尽可能地开到那条破旧的小船附近。尽管他们船速很快，不久就开过了小船，但在掠过那条无遮蔽的小船的短短几秒钟里，船员看到的那幕场景让他们余生都难以忘怀。
>
> 他们首先看到了骨头，是人的骨头，散落在门板和地板上，仿佛这艘捕鲸船是一只凶猛的食人兽的海上巢穴。然后他们看到了两个人，这两个人蜷缩在船的两端，皮肤上长满了疮，眼睛从头骨的凹陷处凸出来，胡须上沾满了盐和血……

图片来源：*Moby Dick*, Herman Melville, American Publishers Corporation, 1896。

快速提问：你刚刚在哪里？你还坐在自己的椅子上吗？能感受到你背部的酸痛，或是喧嚣的交通声，或是印在这一页上的墨水吗？你能用余光在书页边角处看到自己的拇指，以及客厅地毯上的图案吗？还是说菲尔布里克已经成功对你施法，让你看到了沾满盐和血的胡须，以及船底溅满血迹的浮沫？

说实话，我设计了一个你不可能通过的测试。人类的思想会不由自主地屈服于故事的吸引力。无论我们如何集中精力，如何把持自己，我们就是无法抵制来自另一个世界的引力。

柯勒律治有句名言：要想感受一个故事，不论任何故事，都需要读者“自愿终止怀疑”。在柯勒律治看来，读者的理由是：“是的，我知道柯勒律治写在《古舟子咏》（*Ancient Mariner*）的那段话是胡说八道，但是为了享受，我必须让我心里那个怀疑的小人闭嘴，暂时相信《古舟子咏》是真的。好了！行了！就这样吧！”

但通过阅读菲尔布里克书中的片段我们知道，意愿的作用是极小的。当我们接触到一个讲故事的人，而他说了一个神奇的咒语（例如“很久很久以前”）时，我们的注意力就被吸走了。讲故事的人如果经验丰富，就可以轻松地入侵我们的大脑并控制我们的思维。除速速合上书之外，我们几乎没有任何抵抗的办法。但即使合上了书，那些残酷的画面也会在我们的脑中挥之不去。

那“船底溅满血迹的浮沫”这部分呢？没错，是我瞎扯的。我编造这个细节是为了让菲尔布里克书中的场景更加生动和直观。但我并不是唯一这样做的人。你在阅读《海洋深处》的时候也在大脑里撒了许多谎，只不过你对印成白纸黑字的故事更加谨慎罢了。

当你阅读菲尔布里克书中的场景时，它就在你的脑海里活了过来。让我来问你：柯芬船长长什么样？他是年轻人还是老人？他戴的是三角帽还是软边帽？他的外套是什么颜色的？他的胡须是什么颜色的？有多少人挤在“海豚号”的甲板上？这艘船挂的是什么帆？天是灰色的还是蓝色的？海浪大还是小？那两个遇险的食人族穿着什么样的破衣烂衫？还是压根就没穿衣服？

就像《汤姆·索亚历险记》里的汤姆骗人粉刷篱笆一样，作者也诱骗读者去完成大部分富有想象力的工作。阅读常常被看作一种被动行为，好像我们躺着，让作家把快乐注入我们的大脑。但这是错误的。当我们感受一个故事时，我们的大脑其实在不停地转动，努力地工作着。

作家们有时会把自己写作的手艺比作绘画，将每个词比作一抹颜料。一字一字地写，也就是一笔一笔地画，作家创造出了一幅幅能完全映射真实生活深度和清晰度的图像。但如果我们仔细看菲尔布里克的文字就会发现，其实作家只勾画了轮廓，并没有上色。菲尔布里克给我们提供了专业的素描稿，也提醒了我们如何填充颜色。我们的头脑则补充了场景中的大部分信息，包括大部分的颜色、阴影和纹理。

当我们阅读故事时，这种巨大的创造性活动也在我们的潜意识里持续进行着。当我们读到一位“英俊”的人物，他有“锐利的眼神”和“像刀锋一样”的颧骨，我们就根据这些细微的线索建构出了一个人，这个人不仅有着那样的眼睛（是深色还是浅色的？）和脸颊（是红润的还是苍白的？），还有某种类型的鼻子和嘴巴。阅读《战争与和平》后，我知道丽莎·博尔孔斯卡娅公主身材娇小，像少女一样活泼，短上唇，露出可爱的门牙。但我的脑海中这位公主的形象是以某种真实的身体存在的，远比托尔斯泰提供的信息更全面。

我还从《战争与和平》中知道，当年轻的彼佳在战场上牺牲时，杰尼索夫上尉非常伤心。但我是怎么知道的呢？托尔斯泰从来没有告诉过我。他从未让我看到杰尼索夫的眼泪。我只看到杰尼索夫从彼佳残留体温的尸体旁慢慢走过，把手放在栏杆上，紧紧地抓握着。

那么，作家并不是我们阅读体验中的全能建筑师。作家只负责为我们的想象指引方向，但并没有起决定性作用。电影始于剧作家的剧本，却由导演填补大部分的细节，最终把剧本变成了现实影像。任何故事都是如此。作家写下的文字缺乏活力，需要催化剂才能灵动起来，而这个催化剂就是读者的想象力。

故事主导着人类生活的方方面面

自不必言，小孩子是热爱故事的生物。当我写这本书的时候，我的两个女儿分别是 4 岁和 7 岁，她们的生活充满了虚构的故事。她们醒着的大部分时间都在梦幻岛快乐地游荡着，要么通过书本和视频享受故事，要么自己在过家家游戏里创造奇妙的世界，那里有妈妈和孩子、王子和公主、好人和坏人。对我的女儿们来说，故事是心理上的必需品，就像她们需要面包和爱一样。如此，禁止她们进入梦幻岛就是一种暴力行为。

安娜贝尔·歌德夏（Annabel Gottschall）和艾比盖尔·歌德夏（Abigail Gottschall）在玩耍。

图片来源：Jonathan Gottschall。

在这方面，我的孩子并没有什么特殊之处。全世界的孩子都喜欢故事，他们在蹒跚学步时便开始塑造自己的虚构世界了。故事对幼儿的生活如此重要，重要到几乎能作为一种定义他们存在的标准。想一想，小孩子一般都做些什么呢？大多数时间里，他们都在讲故事。

当然，对成年人来说情况有所不同。我们有工作要做，不能整天玩。在詹姆斯·巴里 1904 年创作的戏剧《彼得·潘》中，达林家的孩子们在梦幻岛冒险，但他们最后还是想家了，回到了现实世界。这部剧说明了一个道理：孩子们必须长大，而长大就意味着要离开那个叫作梦幻岛的虚幻空间。

但彼得·潘留在了梦幻岛，他永远不会长大。在这一点上，我们与彼得·潘的相似之处比自己所知道的要多。我们可能会离开幼儿园，不再玩玩具车和布娃娃，但我们永远不会停止编造故事，只是换成了其他方式。无论是小说、梦、电影还是幻想，都是梦幻岛的一部分。

第二次世界大战期间，德国对英国实施闪电战。一次空袭后，伦敦民众在荷兰大厦（Holland House）的图书馆看书。与缝纫、赌博或体育运动等其他休闲活动不同，每个人都以这样或那样的方式与故事产生关联。即使在最恶劣的条件下，甚至在战争期间，我们也会这样做。

图片来源：English Heritage. NMR。

本书所要解答的不仅仅是故事的存在问题（虽然这已经够奇怪了），还要回答故事为何处于人类生活的中心地位。故事在人类生活中的作用远远超出了传统小说或电影的范畴。故事以及各种类似故事的产品主导着人类生活。你可能会怀疑，是不是我出于对故事的热忱夸大其词，把话说得太满也太早了。也许的确如此，但让我们先看看以下数字。

即使身处当下这样一个对书籍“消亡”感到焦虑的时代，图书出版仍然是门大生意。每年，青少年和成人小说的销量比其他所有类别的非虚构书籍加起来还要多。而其他与小说平行的品类似乎也像是小说的延伸。例如，于 20 世纪 60 年代兴起的“新新闻主义”（New Journalism）便是用虚构的手法讲述真实故事的理论，这一理论对各类型的非虚构文学产生了重大影响。同样，我们喜欢传记的部分原因与我们喜欢小说的原因相同：它们都跟随着性格鲜明的主角，讲述其人生的奋斗经历。“回忆录”作为最受欢迎的传记形式，也因其缺乏对事实的追求，反而寻求虚构故事的吸引力而遭到诟病。

令人感慨的是，尽管仍有超过 50% 的美国人阅读小说，但人们已经不怎么在阅读上花时间了。美国劳工统计局 2009 年的一项调查显示，美国人平均每天的阅读时间只有 20 多分钟，这一数字包括了美国人从阅读小说到报纸等所有媒介的时间。

我们的阅读量比以前少了，但这并不是因为我们放弃了小说，只是因为书页被屏幕取代了。人们在屏幕上观看虚构故事的时长令人震惊。另有一些调查显示，美国人平均每天都要花上好几小时看电视节目。到美国儿童成年时，他们花在电视上的时间会超过花在其他地方的时间，甚至超过他们的在校时长。而这些调查还没有考虑到我们花在电影院或观看 DVD 的时间。如果加上了这些数字，美国人每年花在电视和电影银幕上的时间约为 1900 小时，相当于每天 5 小时。

当然，人们并不是把所有的屏幕时间都用到了观看喜剧、电视剧和惊悚片上，还有新闻、纪录片、体育赛事，以及一种被称为“真人秀”的混合型节目——真人秀可能不完全是虚构的，但也不是非虚构的。尽管如此，我们在电影院和 DVD 上的时间几乎都花在了观看故事上，而电视在很大程度上也是一种传播虚构故事的技术。

图片来源：Aaron Escobar。

此外还有音乐。根据音乐学家、神经科学家丹尼尔·莱维廷（Daniel Levitin）的估算，我们每天听到的音乐时长约 5 小时。虽然这听起来不可能，但莱维廷是把所有与听音乐相关的时间都计算在内了，包括电梯音乐、电影配乐、商业广告音乐，以及通过耳机输入大脑的所有东西。当然，不是所有音乐都在讲述故事。交响乐、赋格曲，以及融合了风铃和尖叫声的前卫音乐也被计算了进去。但最流行的音乐类型是讲述主人公为得到他想要的东西（通常是一个男孩或女孩）而努力的故事。歌手会跟随节拍和韵律与吉他手和鼓手一起表演，但这并不能改变一个事实：歌手在讲述一个故事，而音乐只是矫饰了这个故事。

到目前为止，我们了解了由艺术家创造的虚构故事。那我们自己讲的故事呢？我们在晚上最富有创造力，我们睡觉的时候大脑并没有休息，而是做着丰富、疯狂、长时间的梦。意识在梦中会被改变，但不会被灭失。我们只是能力有限，无法记住自己整个晚上有意识的冒险。（人们对梦境的记忆能力各不相同，但睡眠实验室的研究表明，几乎每个人都会做梦。）在梦中，我们的大脑生活在一个完全独立的世界里，而它又向清醒时的大脑隐瞒了这一点。

科学家们曾经认为，人类只有在快速眼动睡眠（REM）周期中才会以生动和故事性的方式做梦。如果这是真的，人们每晚会花大约 2 小时，也就是人生中的 6 年时间，自发地在头脑的剧院里编排和放映夜间故事。令人惊讶的是，即使是白日里无聊沉闷的人，在晚上也能迸发非常大的创造力。而更令人惊讶的是，睡眠研究人员现在了解到，像故事一样的梦境实际上独立于快速眼动睡眠期，并贯穿整个睡眠周期。一些研究人员认为，人类几乎整晚都在做梦。①

此外，我们醒来以后也会“做梦”，甚至我们大部分清醒的时间都在做梦。白日梦很难用科学方法加以研究，但如果你留意自己的意识流，你会发现白日梦是大脑的默认状态。当我们在穿衣服、开车、走路、做饭、工作、发呆时，大脑都会做白日梦。简而言之，只要没有处于一项对精神有高度要求的任务里，比如说写一段像这样的文字或做一些复杂的计算，我们的大脑就会变得焦躁不安，随即跳入梦幻世界中。

一些科学研究巧妙地分析了传呼机上的留言和日记，其研究结果表明，一个白日梦的时长大约是 14 秒，而我们每天会大约做 2000 次白日梦。换句话说，我们醒着的一半时间都在编织幻想，这个时间占了我们生命时长的 1/3。我们的白日梦有的与过往有关：那些我们本该说或做的事情，我们成功和失败的经历。白日梦的内容有些是很日常的，比如想象如何以不同的方法处理工作中的冲突。但我们也会以一种更强烈的、类似虚构故事的方式建构白日梦：我们会在脑海中放映有幸福结局的电影，并借机实现自己所有的愿望——所有虚荣、积极、肮脏的愿望。我们也在脑海中放映短小的恐怖片，我们最害怕的事情也会成真。

---

① 梦境研究者欧文·弗拉纳根（Owen Flanagan）持本观点。——原书注

有些人会嘲笑那些在空中建造城堡的白日梦想家，但想象力是一种令人敬畏的心灵工具。虽然我们的身体总是被限制在此时此地，但我们的想象力却能让我们自由地在时空中漫游。所有人都像法力强大的巫师一样能看到未来，虽然并不是清晰而确定的未来，而是一个模糊的、充满可能性的未来。

你想知道，如果你屈服于强烈的欲望真的去踢老板下体的话，会发生什么。于是你启动了自己的想象力去寻找答案。你把时间向前推进，你看到老板那张沾沾自喜的脸，你听到你的鞋子在空中嘶嘶作响，你感觉到脚尖的触感。这种试想让你相信，如果真的去踢老板的话，他可能会还击，还会解雇你（或者报警）。所以你把自己的脚收回，继续在格子间里发呆。

人类对故事的沉溺已经超越了梦和幻想，以及歌曲、小说和电影的范畴。虚构故事已经彻底渗透进了人类生活的众多方面。

即使不读小说，你也在创造和消费故事

职业摔角与其说是运动，不如说是拙劣的戏剧。所有场面都经过事先编排，为我们提供了精心设计的故事线，展现了人人拥戴的英雄和令人嫌恶的卑鄙小人：浮夸的权贵、典型的美国男孩和自恋者。它带有歌剧的浮夸设计和庞大规模，囊括了无畏的吼叫和过度表演。职业摔角中的假暴力令人兴奋。但是，每一次原子坠击、蒙古式劈叉和骆驼式固定的招式也推动了滑稽情节的发展：谁背叛了谁，谁真正爱国，谁只是假装爱国而已。

真正的格斗运动也遵守类似的叙事惯例。拳击运动的推广人员早就明白，除非加入令人信服的人物和背景故事，否则比赛不可能吸引到粉丝的兴趣和钱。推广人员需要在拳赛前炒作出一个故事，讲述这些人参与格斗的理由，内容通常与他们如

何鄙视对手有关。拳击炒作套路的虚假是出了名的，往往关系友好的两个人会为了戏剧效果在镜头前假装讨厌对方。无论比赛的动作多么激烈，如果缺乏强大的背景故事，格斗都会趋于沉闷。这就好比跳过电影的铺垫部分直接看高潮桥段一样。

世界摔角娱乐（WWE）首席执行官文斯·麦克马洪（Vince McMahon）将职业摔角重新定位为“体育娱乐”，打破了摔角界长期以来拒绝承认暴力故事是虚假的这一内幕（“Kayfabe”①）。麦克马洪将职业摔角季打造为一部连载小说，其故事情节以年度摔角狂欢节为高潮。巴里·布劳斯坦（Barry Blaustein）在摔角纪录片《擂台之外》（*Beyond the Mat*）中要求麦克马洪对 WWE 的产品进行描述，麦克马洪狡黠地笑着说：“我们制作的是电影。”

图片来源：Airman 1st Class Nicholas Pilch。

职业摔角中的故事也全是虚构的，但它只是夸大了正规体育报道中常见的东西。在正规的体育播报中，叙事技巧纯熟的播音员试图将比赛提升到高度戏剧化

① Kayfabe，即职业摔角界中的一些情节设计，如受伤、访问等，并不是真实的，只是为了增加摔角的娱乐性。——编者注

的水平。例如，奥运报道中充斥着运动员艰苦训练的“糖精纪录片”（saccharine docudrama）。因此，每当发令枪声响起，我们就把选手当作史诗中的战斗英雄，为他们呐喊加油，也就能更充分地感受到胜利的快感和失败的痛苦。凯蒂·贝克（Katie Baker）在《纽约时报杂志》上发表的一篇文章中提出了类似的观点。现在有越来越多的女性观看电视体育节目，而这正因为广播公司已经学会将其包装成“人际关系剧集”。贝克认为对于女性球迷来说，美国国家橄榄球联盟（NFL）比赛的吸引力与《实习医生格蕾》是一样的，都围绕着“人物、故事、竞争和心碎”展开。我不确定这对男生来说有什么不同。比如，美国娱乐与体育电视台（ESPN）的受众显然是男性，相反，该频道播出的体育赛事较少，主要内容是关于体育名人的时髦、通常尖刻的脱口秀节目：勒布朗·詹姆斯是背叛克利夫兰骑士队的混蛋吗？“大本钟”罗斯利斯伯格是性罪犯吗？布雷特·法弗还会复出吗？

讲故事是电视体育节目的重点。这一点在2010年美国高尔夫大师赛期间给我留下了深刻印象。观众们收看大师赛更多的是为了看剧情，而不是为了高尔夫本身。这是老虎伍兹在经历了一场漫长且骇人听闻的性丑闻后的第一次比赛，即使是不喜欢高尔夫的人也不想错过传奇的老虎伍兹的人生新篇章：这个倒下的巨人能不能挣扎着东山再起呢？还是说他的不恰当行为终于有了报应？报道的支线情节则集中在老虎伍兹的主要对手菲尔·米克尔森身上，当时他的母亲和妻子都在与癌症作斗争。播报员塑造的叙事方式将这些重要的故事融入了进来，赋予每一个失误的推杆或被打击的发球以浓重的意味。

最终，米克尔森赢得了比赛，他以胜利的姿态走下第十八果岭，然后停下脚步拥抱他身患癌症的妻子。镜头捕捉到一滴泪水从米克尔森的脸颊滚落。可以说，这样的结局就算作为一本故事书的结局，都有点太羞耻了。

《法律与秩序》和《幸存者》等电视节目是在给我们讲故事，并且会特意加入一些插曲，让我们知晓更多。社会学家将电视广告定义为“虚构故事的屏性媒介”（fictional screen media），因为它们讲述了半分钟的小故事。

洗衣粉广告很少只是说某种洗衣粉很好用，而是通过讲述过度劳累的母亲、顽劣的孩子和成功洗干净衣服的故事来说明它确实好用。ADT 安全服务公司通过播放短片，讲述从野蛮的入室犯罪者手中解救无助的女人和小孩的故事，吓唬人们去购买家庭警报器。珠宝店为了让男人购买闪闪发光的小钻石讲述了一个故事，深陷爱情的求婚者为女人的爱标明了价格：两个月的工资。还有一些广告是围绕着一些多角色故事中反复出现的人物展开的，例如 Geico 保险公司幽默的“洞穴人”广告，或 Jack Link 牛肉干以“与大脚野人打交道”为灵感设计的广告。顺便说一下，后者对产品只字不提，只是讲述了喜欢吃牛肉干的家伙愚蠢地骚扰无辜的大脚野人并被暴力报复的故事。

人类是讲故事的生物，故事几乎触及我们生活的每一个方面。考古学家从石头和骨头中挖掘线索，并将它们拼凑成一个关于往昔的传奇故事。历史学家也是讲故事的人。有些人认为，学校教科书中的许多叙述，如哥伦布发现美洲的故事，充斥着对事实的扭曲和遗漏，导致它们其实更接近于神话故事而不是历史。越来越多的企业高管知道，他们必须成为有创意的故事叙述者才能成功，必须对自己的产品和品牌进行引人入胜的叙述，才能将情感传递给消费者。政治评论员认为，总统选举中的竞争不仅存在于政客的个人魅力及其理念之中，也存在于对国家过去和未来的不同讲述之中。法律学者把审判也看作一场故事竞赛：双方律师分别构建了有罪和无罪两种叙述，并为谁才是真正的主角而吵得不可开交。

《纽约客》的一篇文章详述了故事在法庭上的作用。作者珍妮特·马尔科姆（Janet Malcolm）描述了一场轰动一时的谋杀案审判：一名妇女和她的情人被控杀害了该妇女的丈夫。马尔科姆说，检察官布拉德·莱文塔尔以一种“老式惊悚片的方式”开始了自己的开庭陈述。以下是莱文塔尔的陈述：

> 那是一个阳光明媚、天气晴朗、秋高气爽的早晨。在这个凉爽的秋日，一个年轻人，名叫丹尼尔·马拉科夫的牙齿矫正师，正走在皇后区森林山庄的第 64 号街，离我们现在所在的地方只有几千米。和他在一

起的是他的小女儿，他四岁的女儿米歇尔……当丹尼尔站在安南戴尔游乐场的入口外，在公园入口，离他的小女儿站立的地方仅几步之遥时，被告米哈伊尔·马拉耶夫不知从哪里走了出来，手里拿着一把子弹上了膛、可以发射的手枪。

莱文塔尔赢得了这场庭审，主要归功于他能够从不充分的案件事实中精心打造出一个更好的故事，而他的对手律师则没有讲故事的好天赋。

艺术家对大爆炸的渲染。我认为，科学可以帮助我们理解讲故事的意义。但也有人说，即便科学中存在假设检验，它也是一个宏大的故事，它的出现源自人类理解世界的需要。在涉及宇宙、生命和讲故事本身的起源时，科学的故事属性最为明显。随着时间的推移，科学的解释性故事和既定事实之间的联系变得越来越少，也越来越弱。科学家被迫从更少的事物中推断出更多的内容，因此他们的想象力变得愈加丰富且具有冒险性。

图片来源：PASIEKA/SPL/Getty Image。

就像马尔科姆在《纽约客》上的文章一样，许多好的新闻报道都是以强烈的故事性方式展开的，这就是所谓新闻报道“好”的部分意思。马尔科姆并没有以中立的方式描述事件。相反，她把这场结合谋杀案和漫长审判的混乱事件编织成一个悬念重重、以人物为主导的叙事，带有小说那种让人追读的吸引力。以下是她在故事中打造莱文塔尔人物形象的方式：

> 布拉德·莱文塔尔……是一名出类拔萃的审判律师。他是一个留着小胡子的矮胖男人，走路像小公鸡一样飞快，嗓音高到几乎像女人，激动时音调更是高得像个出错的留声唱片机。

我们讲给自己听的故事是最好的。科学家们发现，我们建构自己生活故事的记忆，很大程度上是虚构而成的。社会心理学家指出，当我们遇到朋友时，谈话内容大多是交流八卦故事。我们会问朋友“最近怎么样”或者“有什么新鲜事吗”，然后我们开始讲述各自的生活，在咖啡或啤酒的推杯换盏间交换故事，不自觉地塑造和修饰故事，让它听起来更加幽默。每天晚上，我们会在饭桌上与家人重聚，分享我们一天中的小小悲喜。

所有宗教传统的缘起都有丰富的故事。还有一些笑话和都市传说，讲述酒鬼在拉斯维加斯狂欢后醒来时少了一个肾的故事。还有诗歌、脱口秀、越来越像故事的电子游戏（让玩家成为虚拟现实剧中的一个角色）的迅速崛起，以及我们在社交平台上“连载自传”性质的帖文。

我们以后再来讨论这些讲故事的不同形式。现在，我认为重点已经很清楚了：人类对创造和消费故事的欲望更甚于文学、梦想和幻想，故事已经深深浸入我们的骨髓。

但是，为什么呢？

讲故事的人战胜实用主义者

为了了解这是一个多么难的问题，让我们进行一个幻想，希望这项思想实验能对你有所启发。请把你的思绪放入史前的迷雾中，想象一下，有两个人类部落共同生活在非洲的某个山谷中。他们正在争夺同样的有限资源：一个部落将逐渐消亡，另一个部落将统治地球。一个部落被称为“实用主义者”，另一个部落被称为“讲故事的人”。这两个部落在各方面都是平等的，唯一的不同之处如名字所示。

昆部落桑人（!Kung San）[①] 中讲故事的人，1947 年。

图片来源：Nat Farbman/Getty Image。

讲故事的人的大部分活动都具有明显的生物学意义。他们工作、打猎、采集、寻找配偶，然后充满占有欲地守护彼此。他们抚养自己的孩子、结成联盟，并努

① 昆部落桑人，桑人（San）为居住在非洲南部卡拉哈里沙漠的原始族群，昆部落（!Kung）为其中的一个部落。——译者注

力提升等级制度中的支配地位。像大多数狩猎采集部落一样，他们有大量的闲暇时间，他们用休息、闲谈和讲故事来填补这些空暇，这些故事让他们心旷神怡，充满喜悦。

与讲故事的人一样，实用主义者也在为填饱肚子、赢得伴侣和抚养孩子而努力。但是，当讲故事的人回到部落编造关于虚构的人和事的疯狂谎言时，实用主义者只是继续工作。他们打的猎物更多，采集的东西更多，交配也更多。当实用主义者无法继续工作时，他们也不会把时间浪费在讲故事上：他们会躺下休息，恢复体力以进行有用的活动。

当然，我们都知道这个故事的结局。讲故事的人赢了。讲故事的人就是现在的我们。即便那些严格意义上的实用主义者曾经存在过，他们现在也已经消亡了。但如果不是一开始就知道结局的话，大多数人是不是会把赌注押到另一方身上？难道我们会把赌注押在轻浮的讲故事的人，而不是实用主义者上吗？

至于为什么实用主义者没有获胜，这正是虚构故事之谜。

02

讲好故事的能力，让人类生存至今

THE STORYTELLING ANIMAL

不可思议的是，我们沉浸在书中得到的闲适虽不可见，却能将喧闹的书页编入静寂的梦境之中。

——威廉·盖斯（William Gass）

《小说与生活中的人物》（*Fiction and The Figures of Life*）

儿童是天生的故事大王

我站在一扇重重的防盗门前，用力按键，输入密码。随着门锁咔嗒一声打开，我踏进大门，径直走到入口处。路过办公室时，我对屋内忙着处理文件的主管微笑致意。随后，我在访客记录上登记了自己的名字，打开室内门，正式走入这间“精神病院”。这是我几乎每个工作日下班后的流程。

房间十分宽敞，高高的天花板嵌着荧光灯，地面铺设着医院里常见的硬质地板。墙上贴着五颜六色的艺术画，桌子上安全剪刀呈一字摆开。我闻到了一股柠檬味消毒水和餐厅的炸土豆饼、牛肉通心粉的混合气味。我徐徐走向房间后部，此时“囚犯”们喋喋不休、咆哮不止。有些人衣着普通，但有些人打扮得像忍者、像护士，还有衣着华丽的公主。很多男“囚犯”挥舞着粗制的武器，女“囚犯”则要么挥舞着魔法棒，要么怀抱着尚在襁褓中的婴儿。

让我更加不安的是，这些“囚犯”能看到、听到、感觉到、品尝到一些我感知不到的东西。这些东西既有潜伏在阴影中的恶人，也有怪兽，有海洋的咸味，还有山中的迷雾，走失的婴孩在那里哭着找妈妈。

有一小撮“囚犯”似乎能看到同样的幻觉，他们团结一致，或对抗敌人，或逃离危险。他们也分工合作，假装给不听话的婴儿做一顿晚餐。我则继续向房间的后角走去。这时，一个好汉跳出来警告我说，我马上要走进一条恶龙的嘴里，而他就是屠龙英雄。我向他表示了感谢。这位勇士接着问了我一个问题。在确认自己走到安全地带后，我回答了他：“抱歉，小兄弟，我不知道你妈妈什么时候会来。”

在房间的后部，两位公主挤在一个用书架堆出的角落里，她们身着华丽的服饰端坐，时而窃窃私语，时而开怀大笑，但相互之间并没有任何交流。她们学着妈妈那样把婴儿抱在腿上，对着婴儿喋喋不休。这时，那个黄头发的小姑娘看到了我，她一跃而起，丝毫不顾怀中头朝下摔倒的婴儿。“爸爸！”安娜贝尔大叫着朝我飞奔而来，我一把抱起她举到空中。

在孩子一岁左右，一些神奇魔幻的想法便开始萌芽，在三四岁时达到全盛，但到了七八岁便逐渐枯萎了。一岁的幼儿会将香蕉举在耳边假装那是电话，还会假装哄泰迪熊睡觉。两岁的幼儿能参与简单的过家家游戏，比如孩子可以演公共汽车司机，妈妈演乘客；或者爸爸扮演孩子，孩子扮演爸爸。此外，孩子从两岁起便会开始尝试塑造角色：他们扮演国王时说话的语调与扮演皇后或模仿猫叫的声音截然不同。从三四岁开始，儿童进入角色扮演的黄金时代。在之后的三四年里，他们便会成为虚构故事王国中的大师，肆意逐闹嬉戏，尽情狂欢造反。

儿童崇尚艺术是天性使然，而非后天培养。在世界各地，凡有机会获取绘画材料的小孩，都能在适当的年龄阶段发展自己的绘画技能。同样，儿童对音乐的喜爱也是出于天性。我还记得我的小孩一岁时便可以跟着歌曲“跳舞”，她们会咧着没长牙的嘴巴微笑，晃动着与身体不相称的大脑袋，乱甩双手尽情舞动。儿童天生就对木偶戏、电视动画片和故事书中的虚构故事感兴趣，尽管他们总是把故事书撕成碎片。

不过对孩子们来说，生活中没有比玩耍更有意思的了。他们享受奔跑、跳跃和相互扭打的激情，以及游戏世界中所有的危险和绚丽。孩子们在故事中的发挥全凭本能。只消把小孩子放在一个房间里，你就能看到一场自发的艺术创作。他们仿佛一个个技巧高超的即兴表演者，能迅速进入某个戏剧性的场景，然后流畅地表演出来。他们也经常改变角色以适应新的场景，还能交换表演心得。

在故事世界中，孩子们并不需要“教导”。根本不用像哄他们吃西兰花那样，骗他们讲故事。对孩子们来说，讲故事是一种无法压制的自发行为，就像做梦一样。哪怕没有足够的食物或者生活在肮脏的环境中，他们也依然会过家家。奥斯威辛集中营里的孩子们也玩过家家。

贫困的印度尼西亚儿童在垃圾场玩耍。

图片来源：Tonny Tunya, Compassion International。

人类为什么没有
在进化中淘汰故事

要回答这个问题，我们先要提出一个更宏大的问题：人类为什么要讲故事？答案似乎很简单，因为故事给我们带来了快乐。但究竟为什么故事能给我们带来快乐，却是一个不好回答的问题，至少它不像吃饭一样能给我们带来生理上的绝对快乐，其中的原因需要我们解释分析。

虚构故事之谜在于：进化是一个冷酷无情的进程，充满功利主义的气息。但人类为什么没有在进化过程中，淘汰掉虚构故事这种看似不必要的奢侈品呢？

这个谜题提出来容易，但解答很难。让我们来做解谜的第一步：请先将你的手举到面前，转动手，握拳，再活动一下你的手指，把每个手指的指尖依次放在拇指上捏紧，拿起一支铅笔，转动它，再系好鞋带。

人类的手是生物工程学的一个奇迹，这样一个不大的器官却包含了27块骨头、22个关节、123条韧带、48条神经和35块肌肉。手上的几乎所有部位都有其用途。指甲是用来完成抓、拾、撬的动作的。指纹，或称乳突纹，在提升触觉精度方面至关重要。我们手上的汗腺也有其存在的目的：使双手保持湿润，从而提高抓握的黏性。（干燥的手指容易打滑，这就是为什么你在翻开这一页之前可能会舔一下你的手指。）但人类手部最值得骄傲的特点是与四指完全对生的拇指。如果没有拇指，我们的手也就比海盗的钩子强一点儿。其他动物由于没有拇指，只能用爪子拍地、蹄子蹬地，或者挠上几下。而由于拇指的存在，我们人类可以“把握”世界，为己所用。

现在请让我再问你一个有点愚蠢的问题：你的手是用来做什么的？

当然，你可以用手吃饭，用手爱抚。手可以握拳和击打，用来制造工具和使用工具。手可以满足私欲，用来摸索、挠痒和挑逗。手可以用来表达观点，我们挥舞双手，试图强调自己的言论。我的双手也能做到以上所有事情，但近期我大多数时间都只用它们翻书和打字。

我们的手是工具，但进化并没有将它们限制在某个单一用途上。手和锤子、螺丝刀不一样，它其实更像瑞士军刀，是一种多用途的工具，可以做很多事情。

陶土野牛，出土于法国阿列日 Tuc d'Audoubert 山洞。虚构故事之谜隶属于一个更为宏大的生物之谜，即艺术之谜。1.5 万年前，一位雕塑家在法国以游泳、爬行和匍匐前进的方式在山洞中行进了近一公里，并塑造了一头正准备骑上母牛的雄性野牛的形象，然后把它们留在了山洞中。陶土野牛雕塑很好地展示了艺术的进化之谜：为什么人们要制作和消费艺术这类需要付出时间和精力，却在生物学上没有明显的回报的事情呢？

图片来源：Charles and Josette Lenars/Corbis。

同理，身体的许多其他部位也是如此。眼睛主要是用来看的，但它们也帮助我们传达情绪，当我们冷笑和大笑时眼睛会眯起来。奇怪的是，当我们痛苦难当或喜不自胜时，眼睛都会流泪。人类进化出嘴唇是因为需要一个洞来吃饭和呼吸，但嘴唇也同样具有多种用途。我们通过亲吻来表达感情，还通过改变嘴唇的弯度，来表达正发生在我们头脑中的或快乐、或悲伤、或疯狂的情绪。当然，嘴唇也是用来说话的。

与多用途的嘴唇和手的情况类似，大脑和受大脑指挥的人类行为也是如此。以“慷慨无私”这个行为为例，虽然进化心理学家常常就人类是无私还是自私的这类问题争执不休，但很明显，人类在许多情况下都表现出了慷慨无私的行为。慷慨无私是为了什么？其目的有很多：提高声誉、追求配偶、吸引盟友、帮助亲属、获取恩惠，等等。慷慨无私的举动并不是被某一件事驱动，也不是由单一的进化力量造成的。同样，人类对故事的偏好也是如此。创造虚构故事的理由可能有很多。

那么有哪些理由呢？

很多达尔文学派的思想家认为，故事在进化中的发展源自性的选择，而非自然选择。也许故事和其他形式的艺术不单单是在表达对性的迷恋，也是获得性资源的方式，人类通过孔雀开屏式的华丽展示，罗列自身技能、认知和创造力等思维素质，以此获取性交机会。读者不妨往回翻上几页，看看第 1 章中那个讲故事的“昆部落桑人”形象，所有人此刻都已被牢牢吸引了。没错，我说的就是这个意思。

或许，故事是一种认知游戏。进化文学学者布莱恩·博伊德（Brian Boyd）曾说过：“艺术作品就像心灵的游乐场。”他认为，就像激烈的肢体游戏可以锻炼我们的身体肌肉一样，各类自由发散的艺术游戏也能锻炼我们的脑力。

再或者说，故事是一种获取信息和二手经验的低成本方式。用古罗马诗人贺拉斯（Horace）的话说，故事带来的乐趣是为了给人以指导。我们不用以身犯险付出巨大代价，便可以通过故事了解人类的文化和心理状态。

还有一种可能，即故事是社交黏合剂般的存在，它传递出共同的价值观，将人们集结在一起。小说家约翰·加德纳（John Gardner）对这个观点有过一个精妙的表述：“真正的艺术创造了神话，让社会倚仗它继续生存，而不是逐渐凋零。”

请再次回看那个讲故事的昆部落桑人，这次可以观察一下他是如何将部落的民众聚在一起的：心手相连。

这些理论以及其他理论都十分合理，我们会在后文继续讨论。但在这之前，我们需要正视一个不同的可能性：故事可能根本就没有目的，至少在生物学方面如此。

故事只是逃避现实的消遣吗

克雷尔人与地球的初次接触是在一场职业橄榄球比赛中。他们把飞碟停放在中码线上，飞船的腹部打哈欠般张开一个口子，起落架随即像伸舌头一样斜放出来。球迷们满眼惊恐地看着一个名叫“闪电侠”的外星人出现在舱门处，踉踉跄跄地走下坡道。闪电侠有着淡金色的头发，耳朵仿佛一个肉嘟嘟的小喇叭。他身着红色的连体服，胸前带有闪电标识，疾步走下坡道，边走边说：“可卡因，我们需要可卡因。”

在约翰·凯瑟尔（John Kessel）的短篇小说《入侵者》（*Invaders*）中，克雷尔人穿越宇宙只是为了获得可卡因。面对地球人的困惑不解，克雷尔人解释说他们有不同的审美意识。对他们来说，可卡因分子的超凡美感令人震颤，堪比宇宙中最为优美的交响乐。克雷尔人并不“吸食”可卡因，而是以一种艺术的方式“体验”它。

在故事的最后，闪电侠斜靠在小巷里的垃圾袋旁，与另一个瘾君子共用一个可卡因烟壶。这位外星人坦白了：赞美可卡因分子的说辞只是句故作高深的废话。闪电侠承认克雷尔人吸食可卡因只是“为了爽一下”。

这正是凯瑟尔这个故事的重点。虚拟故事就像可卡因一样，是一种毒品。人们可能会为自己编故事的习惯冠上某个高尚的美学（或进化学）理由，但故事只是我们用来逃避无趣而残酷的现实生活的一种毒品。我们为什么要去看莎士比亚的戏剧？为什么要去看电影、读小说呢？从凯瑟尔的观点来看，我们做这些事情并不是为了拓展思维广度，探索人类处境或者出于其他崇高的理由。归根结底，我们做这些事情都是“为了爽一下”。

许多进化论思想家会同意凯瑟尔的立场。讲故事是为了什么？并不为了什么。大脑的功能不是为了故事设计的，只是一些缺陷的存在导致大脑容易受到故事的影响。这些缤纷绚烂的故事充其量只是意识临时建构造成的意外收获。故事或许能教导我们道理，深化我们的思维，为我们带来快乐，可能也是人之为人的一项重要意义，但不意味着叙事行为存在生物学上的目的。①

根据这种观点，叙事能力与对生的拇指是完全不同的。对生拇指这一生理结构帮助人类祖先生存和繁衍，相比而言，讲故事的能力更类似于你手掌上的纹路。不管算命先生怎么说，这些线条都不能指向你的未来，它们只是手部活动所带来的副产品。

我们用一个例子来更具体地说明这一点。我最近看了一部由贾德·阿帕图（Judd Apatow）导演的轻松且深刻的电影《滑稽人物》（*Funny People*），亚当·桑德勒（Adam Sandler）在电影中饰演了一名身患绝症的脱口秀演员，故事围绕他的“兄弟情”展开。我特别喜欢这部电影，全程跟着剧情又哭又笑。

我为什么喜欢这部电影呢？如果把虚构故事解释为进化中的“副产品”，答案就很简单了：我喜欢逗趣的东西，而这部电影就很幽默。我频频笑出声来，笑能让人愉悦。另一个原因是，我是一个爱管闲事、热衷八卦的人。这部电影让我得以藏在屏幕背后，窥视生活在绝境中的人。我喜欢这部电影，因为它让我的思绪沉浸在激烈的打斗和咄咄逼人的幽默带来的化学反应中，但我本人却不需要承担相应的真实风险。

有一些进化论思想家则认为这一“副产品”理论难以让人信服。他们信誓旦旦地表示这绝对不可能。如果故事只是一种让人愉悦的无用的饰品，那么在进化

① 该观点最常见于史蒂芬·平克（Steven Pinker），但他同时认为，小说与其他艺术形式不同，可能存在进化的目的。——原书注

过程中，它早就被视为一种对能量的浪费而淘汰了。叙事行为在人类中普遍存在，这一事实足以证明它具备生物学功用。好吧，也许是这样。但是，自然选择真的能如此轻易地定位是哪些基因导致我将时间花在看《滑稽人物》和《哈姆雷特》上吗？虽然我的确可以用这些时间来挣钱、婚育或做其他对进化有益的事情。

不，这样的精准定位不可能存在，因为我对虚构故事的强烈兴趣与我对八卦、性和侵略快感的兴趣深深交织在一起。简单来说，就像你无法将澡盆里的水泼掉只留下婴儿，除非用暴力去除这些对人类明显有益且重要的心理倾向，否则你无法简单剔除掉讲故事这一行为。

讲故事也可能是想象力的一个简单副产品。也许只要我们为玩游戏和其他实际的目的进化出一个“精神甲板”（mental holodeck），我们就能发现自己可以通过上传虚构故事来获得廉价的刺激。这与计算机的演变类似：我们发明计算机是出于功利的目的，但很快就发现我们可以用它来观看一丝不挂的人们互相做一些淘气的事情。

如果你现在觉得自己的大脑乱成一团，别担心，你不是一个人。我也不确定故事是一种进化过程中的适应性变化，还是一种副产品，当然也没有人知道。科学发展就是由一轮又一轮的猜想和反驳构成的，而对于我们现在面对的“为什么要讲故事”这一问题，科学界还处于猜想阶段。我的观点是，人类被故事吸引受多种不同的进化因素影响。一些因素可能具有进化论色彩，比如我们会用手指作为镊子抓取东西，但也有很多是进化的副产品，比如我们雀斑的分布形态、手背上的毛囊等。还有一些因素现在看来非常实用，但并不是自然选择有意为之，比如人类可以用双手弹奏钢琴或敲击电脑键盘。

在接下来的章节中，我们将探讨故事在进化方面的益处，即“假扮”的欲望如何帮助人类以个人和群体为单位更好地发挥效用。但是在我们讨论这些论点和证据之前，我们需要做好再次回到幼儿期的准备，因为我们可以在儿童编造的大屠杀和战乱故事中，瞥见一些有关虚构故事的功用的蛛丝马迹。

儿童的假扮游戏
诠释着生命之谜

在成年人的记忆中，虚构故事王国总是以天堂般的、充满阳光的童话乐园的形象出现，但其实相较于天堂来说，它更像地狱。儿童的游戏并没有逃避现实，而是直面人生问题。正如教师、作家薇薇安·佩利（Vivian Paley）针对角色扮演游戏的评论："无论戏剧故事中发生了什么，其主题都是宏大而奇妙的。善与恶、出生与死亡、父母与子女的形象，在现实和虚构剧情中不断转换。这里没有闲聊，观众沉浸在具有哲学意味的立论里，感受以虚拟方式重新诠释的生命之谜。"

假扮游戏具有"致命的"乐趣。每一天，孩子们都会进入一个幻想的世界，他们在那里必须面对黑暗势力，为保命而逃亡和战斗。本书的部分段落是我在餐桌前写成的，在那里，我能感受到自己周边的虚构故事王国的形态在悄然变化。有一天，我坐在桌前，我的两个女儿正在为假装离家出走做着精心准备，而那天的早些时候，她们还在屋后玩布娃娃，然后尖叫着跑过院子，说有鲨鱼想吃掉她们。（她们试图用木棍叉走鲨鱼。）在那天晚些时候，我停下笔跟我的小女儿安娜贝尔玩"迷失森林中的孩子"的游戏，场景由她设定。她告诉我，要假装我们的父母已经死了，"被老虎咬死了"。从现在开始，我们生活在一个有老虎出没的森林深处，要自力更生了。

很显然，儿童的假扮游戏中囊括了许多事物：妈妈和婴儿、怪物和英雄、宇宙飞船和独角兽。但其实只与一件事有关：麻烦。有时"麻烦"来自日常琐事，比如在玩过家家的时候，哭闹的婴儿不想要奶瓶，爸爸找不到他昂贵的手表。但往往"麻烦"与人类的存在相关。当老师向孩子们提出"能给我讲个故事吗？"，孩子们编出了以下内容（下文未经修改）：

- 猴子们，上了天，掉下来。火车嘟嘟地在天上跑。我从天上掉入水

里。我上了船，我的腿受伤了。爸爸从天上掉下来了。（3 岁男孩）

- （小）蝙蝠侠离开了妈妈。妈妈说：“回来吧，回来吧。”他迷路了，他的妈妈找不到他。他像这样跑回家（她用手臂动作说明）。他吃了松饼，坐在妈妈的腿上。然后他就休息了。他很努力地从他妈妈那里跑开，就像这样。我说完了。（3 岁女孩）
- 这是一个关于丛林的故事。很久很久以前，有一个丛林。有很多动物，但它们都不是很友善。一个小女孩来到了这里，她吓坏了。然后一只鳄鱼来了。故事结束了。（5 岁女孩）
- 从前有一只小狗叫史酷比，它在树林里迷路了。它不知道该怎么做。维尔玛找不到它。没有人能够找到它。（5 岁女孩）
- 拳击世界。清晨，所有人都起床，戴上拳击手套，开打。其中一个人的脸被打了一拳，开始流血。一只鸭子走过来，说：“放弃吧。”（5 岁男孩）

这些故事有什么共同点？它们篇幅都很短，而且起伏很大。充满情节，有古怪的创意：有会飞的火车和会说话的鸭子。这些故事都由那根名为“麻烦”的绳子绑在一起：父子从云端坠落，小蝙蝠侠找不到他的妈妈，女孩受到鳄鱼的威胁，小狗在树林中迷路，男人被打得头破血流。

孩子们讲述的 360 个故事组成的合集中也有同样恐怖的场景：火车碾过小狗和小猫，淘气的女孩被送进监狱，小兔子玩火烧了房子，一个小男孩用弓箭屠杀了几个人，另一个男孩用大炮打掉了人们的眼睛，孩子们用 189 把刀刺进女巫的肚子里杀死了她。这些故事充分支持了戏剧学者布莱恩·萨顿 – 史密斯（Brian Sutton-Smith）的观点，他写道：“幼儿口述故事中的典型动作包括迷路、被偷、被咬、死亡、被踩、生气、报警、逃跑或摔倒。在他们的故事中，他们描绘了一个充斥着巨大的变动、灾难，且处于无政府状态的世界。”

这些致命“麻烦”的主题并不只出现在儿童为心理学家编造的虚构故事中，

在家庭和日托中心记录下来的儿童自发游戏中，也充斥着这些“麻烦”。以薇薇安·佩利记录的学前班游戏文字整理稿为例——3 岁的玛妮正在摇晃一张空的婴儿床，自言自语地哼着歌，眼睛盯着戏服堆下露出的一条洋娃娃的手臂：

老师：孩子在哪里呢，玛妮？那张婴儿床是空的。

玛妮：我的孩子去了某个地方。有人在哭。

（玛妮停止摇晃婴儿床，她环顾四周，看到一个男孩在沙盘前铲土。）

玛妮：拉马尔，你看到我的孩子了吗？

拉马尔：看到了，她在一个黑暗的森林里，那里很危险。你最好让我继续，它就在我正挖的这个洞里。

玛妮：你是孩子的爸爸吗？把我的孩子带给我，拉马尔。哦，好样的，你找到了她。

老师：她是在黑暗森林里吗？

玛妮：她在哪里，拉马尔？不要告诉我她在洞里。不，她不会在洞里，我的孩子不在洞里。

让我们来看另一场游戏，在这个游戏中，几个孩子表演了一个错综复杂的精彩桥段，涉及炸药和公主、坏人和偷来的黄金、身处危险的小猫和勇敢的青蛙忍者小矮人。这些对话抓住了儿童游戏中近乎迷幻的创造力和旺盛的生命力，读起来就像亨特·汤普森（Hunter S. Thompson）的作品：

“假装你是一只青蛙，你跳到一个坏人身上，但你不知道他是坏人。”

“抓住他们！”

“他在偷小猫！”

“抓住他，在那里，抓住他！”

“炸死他，碾碎他，他有黄金！”

“喵呜，喵呜，喵呜。”

“这是你的小猫，白雪公主。”

“你们是小矮人吗？青蛙小矮人？”

“我们是忍者小矮人。这只青蛙是个忍者。小心！我们可能会再次炸掉这个地方！”

游戏就是儿童的工作

佩利是麦克阿瑟基金会“天才奖”得主，几十年来，她坚持将自己担任学前班和幼儿园教师的经历整理成文字。在她的儿童人类学的小杰作《男孩和女孩：玩偶角的超级英雄》（*Boys and Girls: Superheroes in the Doll Corner*）中，佩利讲述了一个为期一年的性别心理学实验。佩利起初并没有做实验的计划，她的主要目标只是让自己的课堂更成功，但要做到这一点，便需要男孩们听话懂事。在佩利的课堂上，男孩们总是制造混乱和无序局面的一方。他们占领着“积木角”，在那里建造战舰、星舰和其他战争引擎，然后在激烈可怕的战斗中展开部署。女孩们则待在“玩偶角”里，她们在那里穿上盛装，照顾孩子、谈论男友，还总会设法骗一两个男孩来扮演王子或父亲的角色。

佩利生于 1929 年。她在教学生涯中见证了美国文化结构的巨大变化，其中最重要的是男性和女性的标准性别角色变化。然而在她的职业生涯中，假扮游戏却几乎没有发生任何变化。随着佩利的职业生涯从 20 世纪 50 年代发展到 20 世纪末，女性进入了劳动力市场，男性也承担起了家务工作。但在佩利的课堂上，日历似乎总是停留在 1955 年。孩子们便是这类性别刻板印象的浓缩体现。

佩利是一名充满爱心的教师，也是一名敏锐的儿童观察者，她对这一刻板印象深恶痛绝。她职业生涯的大部分时间都是在芝加哥大学实验学校度过的，这所学校的价值观与佩利自己的自由主义倾向完全一致。学生的父母会尽量避免给女儿买芭比娃娃，因为他们担心此举会鼓励不健康体态的风气，也很少有家长会允许自己的儿子玩玩具枪。

但佩利沮丧地发现，自己教室中的性别角色逐渐僵化。女孩们都非常……女孩子气。她们玩洋娃娃，渴望遇到王子，很少跑动、摔跤或喊叫，反倒经常讲关于兔子和神奇的粉红色河马的故事。而男孩们是那么……男孩子气。他们会猛跑、大喊、快乐地胡闹，会把整个房间打满想象中的弹孔，还用炸弹炸毁房子。由于没有玩具枪，男孩们就用蜡笔等类似枪形的物体来假装，即便老师没收了这些玩具，他们还可以用手指比画。

最糟糕的是，当男孩们扮演海盗或强盗时，他们需要的是所有硬汉最需要的东西：受害者。还有什么是比女孩更好的受害者呢？男孩们不停地朝玩偶角砍或炸，杀戮并拖走战利品，总惹得女孩们大哭不已。究其原因，与其说是因为她们不喜欢被射杀或抢劫，不如说是男孩们破坏了她们的幻想。舞会如果总遭到《星球大战》中的黑武士和冲锋队的破坏，那真的很难扮演灰姑娘。

佩利的《男孩和女孩：玩偶角的超级英雄》一书讲述了她如何在一年时间内试图让自己的学生以更加中性的方式行事。这本书记录了一场壮烈而有趣的失败经历。佩利的诡计、贿赂或巧妙的操纵都没有奏效。例如，她试图强迫男孩在玩偶角玩，女孩在积木角玩。结果男孩们把玩偶角变成了星际飞船的驾驶舱，女孩们则用积木搭建了一座房子，重新开始编织自己的家庭幻想。

佩利在实验后最终宣布向性别的深层结构屈服。她决定就让女孩们当女孩，她不无自责地承认这一点其实不难做到。佩利更赞同女孩们那种相对平和且符合社会规则的游戏方式。相比之下，让男孩做自己才更难，但她也做到了。“就让男孩去做强盗，”佩利总结道，“或是太空中的硬汉。这是小男孩之间自然、普遍和必不可少的游戏。”

我一直认为，儿童之间的虚构游戏无一例外地聚焦在“麻烦”上，的确如此。但正如梅尔文·康纳（Melvin Konner）在其具有里程碑意义的著作《童年的进化》（*The Evolution of Childhood*）中所言，男孩和女孩在游戏方式上真实存在着性别差异，在世界各地皆是如此。在50年间有数十项横跨多文化的研究，与佩利在美国中西部教室的观察获得了同样的结论：男孩和女孩会自发地按性别隔离开来；男孩更喜欢粗暴的游戏；幻想游戏在女孩中更频繁、更精细，她们更侧重于假扮父母的游戏；男孩通常比女孩更具攻击性，更少出现抚育特质。这种差异在生命的第17个月就已经存在且可以被观察到。心理学家多萝西·辛格（Dorothy Singer）和杰罗姆·辛格（Jerome Singer）对这项研究进行如下总结：

> 在大多数时候，我们能看到儿童的游戏方式存在明显差异。一般来说，男孩在他们的活动中更有活力，会选择冒险、大胆和冲突的游戏，而女孩则倾向于选择与养育和归属感有关的游戏。

男孩们所居住的梦幻岛是非常危险的，那里充斥着死亡和破坏的威胁。男孩们在梦幻岛的大部分时间主要是与这种威胁作斗争或试图逃离。女孩们生活的梦幻岛也很危险，但没有那么多的妖精和斧头杀手，也没有那么专注于身体的激烈游戏。女孩们所面临的困境往往没有那么极端，多侧重日常的家庭危机。

但必须强调的是，只有在与男孩游戏的混乱不堪相比时，女孩的游戏才显得轻松愉快，风险和黑暗也会渗透进玩偶角。例如，佩利描述道，乍一看女孩们似乎在甜蜜地扮演母亲和婴儿，但仔细看看，首先婴儿差点被喂了毒苹果汁，然后一个坏人试图偷走婴儿，最后婴儿“被折断了骨头”，差点被烧死。

关于女孩游戏中的“黑暗”，佩利讲述了这样一件事：扮演彩虹仙子和她会飞的小马“小星星”（20世纪80年代动画剧集中会魔法的角色）的两个女孩正在一起吃饭。开始时一切都很顺利，直到一个叫乐奇的坏人出现。由两个可爱的小女孩扮演的可爱角色此时别无选择，只能用炸药杀死乐奇。

我们可以通过一种叫作先天性肾上腺皮质增生症（CAH）的疾病，了解性激素在性别层面，特别是游戏行为中的作用。这种疾病导致女性子宫中出现了异常高水平的男性性激素。患有 CAH 的女孩在大多数方面都很正常，但“受影响的女孩会更多地玩男孩类型的游戏，更喜欢和男孩一起玩，并且对婚姻、母亲、玩偶游戏和婴儿护理不太感兴趣”。患有 CAH 的女孩和男孩一样喜欢粗暴地玩耍，她们更喜欢“男孩”的玩具，如卡车和枪，而不是“女孩”的玩具，如娃娃和换装游戏。

图片来源：Corbis。

本书其他主题如“虚构故事”或“梦”可能招来异议，但几乎没有人认为儿童的假扮游戏是人类进化中的某种随机事件。杰出的儿童心理学家让·皮亚杰（Jean Piaget）认为，儿童的幻想生活是“一团乱麻，但其中会产生更平等且有序的思维方式”，但现在持这种想法的人绝对是少数。如今，儿童心理学专家一致认为假扮游戏是有某种目的的，它具有生物学上的功能。游戏在动物中很普遍，几乎所有哺乳动物都会玩游戏，尤其是聪明的哺乳动物。当前学术界对“跨物种的游戏行为”持有的最普遍看法是，游戏能帮助幼年动物为成年生活进行排练。从这个角度看，游戏中的儿童是在训练自己的身体和大脑，以应对成年后的挑战，他们正在发展社交智慧和情商。游戏是重要的，游戏就是儿童的工作。

儿童游戏中的性别差异反映了这样一个事实：生物进化是缓慢的，而文化进化是快速的。生物进化没有赶上主要在过去一百年里发生的男女生活的快速变化。儿童游戏似乎仍在为女孩柴米油盐的生活，为男孩在世界上大展拳脚做准备。这反映了几万年来人类生活的基本劳动分工：男人负责打猎和战斗，女人负责大部分的养老和育儿工作。人类学家从来没有发现有任何一种文化是由女性负责大部分的战斗，或者男性负责大部分育儿工作的。

写到这里，我觉得自己有点像爱伦·坡的《黑猫》（*The Black Cat*）中的叙述者了。在将这只著名的猫绑上绳子吊在树上之前，叙述者先用一把小刀挖出了猫的眼睛。他是这样承认自己的罪行的："当我写下这可恶的暴行时，我脸红了，我燃烧了，我颤抖了！"性别具有深刻的生物性根源，现在几乎是所有人的共识，但我们仍然避免在礼貌的场合谈论这点。这听起来太像对人类潜力的限制，尤其像是在限制女性走上平等的文化地位。但在过去的半个世纪里，女性的生活发生了惊人的变化，这些变化主要归功于廉价可靠的避孕措施使女性能够控制自己的生育能力。这种变化应该可以多少减轻我们的担忧。

当我的女儿安娜贝尔宣布她长大后要成为一位公主时，我感到局促不安。我说："你可以做其他的事，比如做医生。"安娜贝尔回答说："我要做一位公主兼医生，兼妈妈。"我微笑着说："好。"

智人的故事
与"麻烦"紧紧绑定

儿童游戏中的血腥和眼泪是从何而来的呢？很有可能部分来自我们给他们讲的故事。例如，在格林童话集里，孩子们受到食人女巫的威胁，狼吞掉人格化的小猪，卑鄙的巨人和无辜的孩子面临可怕的死亡，灰姑娘成了孤儿，丑陋的继姐们为了把脚塞到小小的水晶鞋里，砍下了自己的脚后跟（然后她们的眼睛被鸟啄掉）。有一个《孩子们扮演屠夫的游戏》发表于《格林童话》的初版中。以下是故事的全部内容：

从前，有一个人宰杀了一头猪，他的孩子们在一旁围观。下午，当孩子们玩耍时，一个孩子对另一个孩子说："你来当小猪，我来当屠夫。"然后，他拿起一把开刃的刀，刺进了他弟弟的脖子。他们的母亲此时正在楼上的房间里，用浴盆给最小的孩子洗澡。她听到自己另一个孩子的哭声，便迅速跑下楼，当她看到发生的事情后，一怒之下，从孩子的脖子里抽出了尖刀，刺入了扮演屠夫的孩子的心脏。然后她赶回屋里，想看看她最小的孩子在浴缸里做什么，但小孩此时已经淹死在浴缸里了。这个女人惊恐万分，陷入了彻底的绝望之中，她拒绝了仆人的安慰，自缢而亡。当她的丈夫从田里回到家看到这一幕，顿时心如刀绞，不久也撒手人寰了。

而经典童谣也同样糟糕：婴儿从树上掉下来，"连着摇篮和所有东西一起掉落"；小男孩残害小狗；住在鞋子里的老妇人残忍地鞭打她饥饿的孩子；瞎眼的小老鼠被雕刻刀砍死；公鸡罗宾被谋杀；杰克砸碎了自己的头骨。一位评论家曾对一本流行的童谣集进行统计，发现书中包含 8 起谋杀案、2 起窒息死亡、1 起斩首、7 次断肢、4 起骨折，等等。在另一项研究中，研究人员发现，当代儿童电视节目中每小时大约会出现 5 个暴力场面，而有声童谣中则有 52 个。

尽管现代童话故事已经经过了净化，但其中仍然充斥着令人不安的内容。例如，虽然我给我女儿读的《灰姑娘》版本中，继姐妹之间血腥残杀的内容已被删除，但故事仍然描述了更糟糕的事情：一个女孩失去了爱她的父母，随即落入鄙夷她的人手中。

英国童话故事《老巫婆》（*The Old Witch*）的插图。

图片来源：*More English Fairy Tales*, illus.John D. Batten, ed. Joseph Jacob, G. Putnam's Sons, 1922。

那么，儿童虚构的故事中存在的暴力和冲突，是否只是重现了我们讲述的故事中的“麻烦”？虚构故事王国的危险，是否只是因为世界各地的孩子们恰好被暴露在充满麻烦的虚构故事中呢？

这种可能性即便是真的，也无法真正回答这个问题，而只会引出一个新问题：为什么智人的故事会与“麻烦”紧紧绑定呢？

我认为，这个问题的答案为虚构故事之谜提供了一条重要线索。

03

故事是一种虚拟现实技术，模拟生活的困境

THE STORYTELLING ANIMAL

就像电影银幕上一个戴着曲棍球面具的疯子用电锯把人分尸，就像《哈姆雷特》中描述的杀人、自杀、手足相残和乱伦通奸，就像索福克勒斯笔下、电视上和《圣经》中的所有暴力、家庭纷争和灾难性的性爱剧情……关于失去和死亡的诗歌，都可以极大地取悦读者。

——罗伯特·平斯基（Robert Pinsky）

《心碎手册：101 首关于失去的爱和悲伤的诗》

（*The Handbook of Heartbreak: 101 Poems of Lost Love and Sorrow*）

不同的讲述塑造不同的故事

很久以前，有一对父女来到杂货店，他们走到谷物食品货架旁。爸爸推着一辆手推车，车的左前轮发出嘎吱嘎吱的声音。3 岁的女儿莉莉身穿一条她最喜欢的布满小花的连衣裙，转圈的时候裙摆会翩翩飞舞。她用左手抓住爸爸的食指，汗津津的右手则攥着一张购物清单。

爸爸在 Cheerios 牌麦片前停了下来。他挠了挠长满胡茬的下巴，问莉莉：“我们该买什么麦片来着？”莉莉松开了爸爸的手指，打开纸条，在她肥嘟嘟的小肚子上摊平。她眯着眼睛看着那排娟秀整齐的文字，用食指在购物清单上划了划，好像看得懂似的。“Cheerios 牌的。”莉莉说。爸爸让莉莉自己去拿那个黄色包装的大盒子，然后把它堆在手推车的一侧。

在这之后，爸爸会记得在过道人们是如何与他们擦肩而过的。他会记得推着小车经过的女人们如何对莉莉微笑，又如何对自己赞许地点头；他会记得那个带着拖把和摇晃的水桶经过的满脸青春痘的勤杂工，会记得莉莉的小手握着他手指的样子，以及她松手后自己手指的触感。

最重要的是，他会记得那个戴着黑框眼镜、把红色棒球帽拉得很低的矮个子男人。矮个子男人懒洋洋地站在摞成金字塔状的馅饼货架旁，在莉莉经过时对她展露出一抹微笑，露出湿润光亮的门牙。

父女俩继续在过道上走着，然后停了下来。莉莉抱着爸爸的大腿，爸爸把她的小脑袋搂在自己的大腿上。她把一盒含糖麦片塞到他手里，说："爸爸买这个吧，求你了！"爸爸一边读着配料表，一边慢慢摇着头，非常入迷。这种食品中竟然没有一丁点食物原料，只有磷酸三钠、诱惑红、亮蓝、二丁基羟甲苯和盐酸吡哆醇等化学物质。爸爸的眼睛继续向上看去，检查营养成分说明，计算糖和脂肪的含量。

爸爸没有感觉到莉莉放开了他的腿，也没感觉到她的头从自己的手掌下滑落。他的眼睛依然看向手中的盒子，同时大声说："对不起，宝贝，这东西对我们没有好处。如果我们买了，妈妈会生气的。"

莉莉沉默不语。爸爸转向她所在的方向，他知道她会站在那里，双臂紧紧交叉、把头压低、缩紧下巴、嘴唇嘟起。但莉莉并不在那里。他慢慢地转身走动，但依然没有发现莉莉的行踪。

那个头戴红帽子的矮个子男人也不见了。

现在请想象一下我们以另一种方式讲述这个故事。

很久以前，一对父女去超市买东西。在谷物食品通道的尽头，莉莉看到了印有卡通兔子的红色盒子。她把那盒 Trix 牌麦片塞到爸爸手里，抱住他的腿撒娇。爸爸甚至没有看配料表便说："对不起，宝贝。这东西对你不好。如果我们买了，妈妈会生气的。"

莉莉松开了爸爸的腿，从他的手掌下甩开自己的头。她跺了跺脚、膝盖绷直，以一种轻蔑的姿态将双手夹在腋下，皱着眉头看着爸爸。爸爸试图用严厉的眼神作为回应，但他气势太弱了，已经被她的可爱击溃。他把麦片扔进手推车里，露出了一个狡黠的笑容：“我们不怕妈妈，对吧？”

“没错，”莉莉说，“我们不怕她！”

父女俩买到了清单上的所有物品，然后开着小货车回家了。看到Trix牌麦片时，妈妈只是假装生气了一下子。这个小家庭依旧过着幸福的生活。

如果没有棘手的问题，就不存在故事

问问自己，你更愿意生活在哪个故事中。第一个还是第二个？显然是第二个。第一个故事简直是噩梦。但根据哪个故事能打造出更好的电影或小说呢？答案同样明显：有“湿润光亮的门牙”的那个故事。第一个故事能牢牢抓住我们的注意力，让我们想知道接下来发生什么。是这个男人带走了莉莉吗？还是说莉莉只是躲在馅饼货架后面，用双手捂住自己的嘴巴，努力不笑出声来？

生活中令人向往的事情（一次平淡无奇的杂货店之旅）与虚构故事中令人渴望的事情（一次灾难之旅）之间，存在着一个巨大的鸿沟。我相信就在这个鸿沟里，隐藏着虚构故事进化之谜的一条重要线索。

虚构故事通常被看作一种逃避现实的娱乐。当我问我的学生们为什么喜欢故事时，他们不会给出那个最显而易见的答案：因为故事令人愉悦。他们知道这个回答过于肤浅。故事当然会给人带来快乐，但为什么呢？

因此，我的学生们挖掘出了一个更深层次的原因：故事之所以令人愉悦，是因为它让我们得以逃避生活。生活很难，而梦幻岛却很轻松。当我们重温情景喜剧《宋飞正传》（*Seinfeld*）或阅读约翰·格里森姆（John Grisham）的小说时，就可以短暂地远离现实生活的压力，小小地度个假。生活对我们百般纠缠，我们就在虚构故事中躲避它。

但是，你很难将虚拟故事的逃避现实理论与我们在讲故事艺术中发现的深层模式相调和。如果逃避现实理论是真实的，那么我们会期望故事主要是关于快乐愿望的实现：在故事的世界里，一切都会好起来，好人永远不会受苦。下文是一种普通人喜闻乐见的故事情节摘要，为帮助读者建立对主角的认同感，所有故事都会采用少见的第二人称视角讲述：

> 你是纽约扬基队的游击手。你是已知宇宙历史上最伟大的球手。本赛季中，面对489次投球，你打出了489支全垒打。你基本上只吃油炸冰激凌。尽管你摄入了大量的卡路里，但你雕塑般的身材上从不会增加一丁点的脂肪。当你从棒球场退役后，你被一致推选为美国总统，然后你为世界带来了和平。在去世前，你的面容被刻在了总统山上。

当然，我是在夸大其词，但你明白我的意思：如果小说让人得以逃避生活，那这也是一种非常离奇的逃避。总的来说，我们的各种虚构世界都是对恐怖的逃脱。虚构故事可能会让我们暂时从烦恼中解脱出来，但这是通过将我们困在新的烦恼中来实现的，困在充满挣扎、压力和世俗的悲哀的世界。

亚里士多德在《诗学》中首次提到，虚拟故事中存在一个悖论。我们被虚拟故事吸引是因为虚拟故事能给我们带来快乐。但实际上，虚拟故事中的大部分内容都是令人不快的：威胁、死亡、绝望、焦虑、痛苦和压力。只消看看小说畅销榜便知，书的主题几乎全与罪恶有关：屠杀、谋杀和强奸。在流行的电视节目中也可以看到同样的情况。再看看经典文学作品：俄狄浦斯因厌恶自己而自戳双眼，美狄亚屠杀自己的孩子，莎士比亚的舞台上到处是流淌着血的尸体……这些都是令人感到沉重的东西。

但比较轻松的故事也是围绕着问题展开的，读者总会密切关注事件的发展：阿呆和阿瓜能克服障碍，吸引到自己远远配不上的伴侣吗？《干杯酒吧》（*Cheers*）中的山姆和黛安，还有《办公室》（*The Office*）中的吉姆和帕姆，会不会走到一起？在最新的丑角爱情故事中，腼腆的图书管理员能否征服身材壮硕的护林员？《暮光之城》中的贝拉会选择吸血鬼还是狼人？简而言之，无论哪种类型，如果里面没有棘手的问题，就不存在故事。

没人希望故事是现实的镜子

纯粹“满足愿望”的故事对我们没有诱惑力，那么，向我们展示实际生活的故事呢？仿现实生活的虚拟故事可能会描写一位会计师努力完成一项重要但极其无聊的项目：

> 一位中年男子坐在办公桌前，冷漠地敲着键盘。尽管旁边没有人，他还是偷偷摸摸地挠了挠自己。他把头靠在椅背上，茫然地盯着屏幕。他环顾办公室，希望寻找一些不工作的借口，寻找一些可以整理的东西、一些可以吃的食物。他在椅子上慢慢地旋转，一圈，两圈，到了第三圈时，他从窗户玻璃上看到了自己。他对着自己的倒影做出吃人的表情，用手指摸了一下自己的眼袋。然后他来回摇头，喝了一大口又冷又酸的咖啡。回到屏幕前，他敲打了几个键，胡乱动了几下鼠标。很快他又在想，也许应该再查一下电子邮件。

现在想象一下，如果这段话不是一个精彩故事的前奏（比如说这个男人突然看到一个陌生的胖女人的裸体倒映在窗户上。她正站在他身后，晃动着一把刀。或者，她只是对他竖起中指），而就是这个故事本身在发展，没有发生任何有趣的事情却长达 15 个章节，那实在让人痛苦。

实际上，作家们已经尝试过这样的故事。所谓的超现实主义小说摒弃了传统小说中老旧的情节构思，呈现我们实际经历过的生活片段。犯罪小说家埃尔莫·伦纳德（Elmore Leonard）将他的小说描述为“剪掉了所有无聊部分的生活”。而超现实主义小说则将这些剪掉的部分重新粘了回去。

乔治·吉辛（George Gissing，见图）1891 年创作的小说《新格拉布街》（*New Grub Street*）描绘了一个名为哈罗德·毕夫恩（Harold Biffen）的角色。毕夫恩写了一本名为《杂货商贝利先生》（*Mr Bailey, Grocer*）的小说，通过极其现实的细节塑造描绘了一个普通杂货商的生活，完全不添加一丝戏剧演绎成分。毕夫恩特意把小说写得“无聊透顶”，因为它所要展现的就是一个人生活的枯燥与单调。虽然这部小说是一部艺术作品，但读起来索然无味。而正是出于对爱情和艺术的双重失望，毕夫恩最终饮毒自尽。

图片来源：From *George Gissing: A Gritical Study*, Frank Swinnerton, Martin Secker, 1912。

从实验的角度看超现实主义是有趣的，但就像大多数打破叙述惯例的虚构故事一样，这种东西几乎没有人愿意去读。超现实主义小说的价值主要在于，通过向我们展示它不是什么，来帮助我们看清小说是什么。超现实主义的失败原因与纯粹“满足愿望”的故事的失败原因相同。两者都缺乏故事的关键成分：设计“麻烦”的情节。

故事 = 人物 + 困境 + 尝试解脱

从儿童的虚构故事到民间故事，再到现代戏剧，虚构故事总是与麻烦有关。亚里士多德是第一个注意到这一点的人，现在这点已成为英国文学课程和创意写作手册的主要内容。珍妮特·伯罗威（Janet Burroway）在《写作小说》（*Writing Fiction*）中坚称：“冲突是小说的基本要素……在生活中，冲突往往带有负面的含义，然而在小说中，无论是喜剧还是悲剧，戏剧性的冲突是基本要素，因为在文学中，只有‘麻烦’才有趣，但在生活中却不是这样。”也如查尔斯·巴克斯特（Charles Baxter）在另一本关于小说的书中所言：“地狱是个对故事创造友好的地方。”

“故事由麻烦展开”的观念已经人尽皆知，可以说是老生常谈了。正是由于我们对这一事实再熟悉不过，所以也不觉得它有什么奇怪。它的含义其实在于：无论何时何地，在人们叙述的所有故事的疯狂表层之下，都有着一个共同的结构。不妨把这个结构想象成一个骨架，我们很少注意到隐藏在故事中的皮肉和五颜六色的服饰下的骨架。这个骨架其实是软骨，因为它富有弹性，但也只有一定的弹性。正是骨架决定了故事只能以有限的方式进行讲述。

世界各地的故事几乎都与面临问题的人或人格化的动物有关。这些人都渴望得到一些东西，可能是想活下去，可能是想赢得女孩或男孩的青睐，或者是想找到丢失的孩子，但每个主角要实现愿望总要克服巨大的障碍。不论是喜剧、悲剧，还是浪漫故事，几乎所有的故事都是一样的，总是描述主人公努力（通常要付出一些代价）追求目标的故事。

故事 = 人物 + 困境 + 尝试解脱

这是故事的通用公式，很奇怪吧。故事可以有很多不同的结构，例如，我们已经讨论过一类纯粹实现愿望的逃避现实型幻想。但是，尽管很多虚构故事中的人物最终过上了幸福的生活，但也总是先与灾难搏斗才能获得好运。主角面临的困境越棘手，我们就越喜欢这个故事。

故事严格遵从深层结构模式这一观念，乍一看似乎有点令人沮丧，但实际并不是这样的。想象一下人的面孔，其实所有的面孔都非常相似，但这并不意味着面孔是乏味的，也不意味着某个面孔无法以其美丽或独特之处让我们惊艳。威廉·詹姆斯（William James）写道："一个人和另一个人之间的差别很小，但这很小的差别却非常重要。"故事也是如此。

图片来源：Dorothea Lange/Library of Congress。

大多数人认为虚构故事是一种极富创造性的艺术形式。但这个例子恰恰说明人在限制之下能迸发出多少创造力。无论是有意还是无意，几乎所有的故事创作者都要在有严格限制的问题框架中写作，按照"问题复杂化—出现危机—解决问题"的模式书写故事。

过去一百年间，一些文学和先锋小说作家会在枷锁中挣扎，试图挣脱问题结构的牢笼。文学领域的现代主义运动诞生于作家们意识到他们是在惯例和公式的既定束缚内创作时，这让他们感到恐惧。他们试图把“讲故事”这样一件人类从古至今都在做的事情“变成新的东西”。

现代主义作家对突破传统叙事的尝试不失为一种英雄主义（以一种注定失败但高尚的反叛方式）。下文是詹姆斯·乔伊斯所著《芬尼根的守灵夜》中一个令人叹为观止的段落，可以借此感受整本书的基调：

> 珍珠占卜！风信子的长春花！花朵。一朵云。但是布鲁图和卡修斯只留心三叉的舌头低语的任性（这是魔鬼的！）阴影阴影多次重复（在这个手帕里用手帕来自手帕），次数不限，他们解决他们的吵架。无花果树傻得不得了。古人的疾病。每条路两个方向荣耀预显。如果她不那么爱胜利，尽管她听凭荣誉悲叹，该怎么办？这是我们的氧气如何掌控了他们的半个世界。在自由的空气中四处走动，与烟雾混杂在一起。非此即彼，二者择一。①

与乔伊斯的《都柏林人》中传统的或者说是精湛的故事讲述方式相比，《芬尼根的守灵夜》真叫人爱不起来。人们很容易崇拜这本书的天才创作和令人敬畏的语言创造力，崇拜作者这种半疯狂的坚持，他花了 17 年以这种方式写了将近 700 页。你可以赞颂《芬尼根的守灵夜》的艺术反抗行为，但这不是一本能让你忘却自身、急切地想知道接下来会发生什么的故事书。

格特鲁德·斯坦因（Gertrude Stein）这样称赞自己和乔伊斯、马塞尔·普鲁斯特等作家，她说他们的小说中“没有什么事件发生……对我们来说，事件并不重要”。如果小说中没有事件发生，就没有人愿意读——除了英语教授。是的，像

① 译文选自戴从容所译《芬尼根的守灵夜》，还未出版。——译者注

《芬尼根的守灵夜》这样的实验小说仍在出版，但主要目标读者是有修养、喜欢揣摩文学典籍的自学者，或者是不得不假装自己读过这些书的大学生。

正如语言学家诺姆·乔姆斯基（Noam Chomsky）所言，所有人类语言都有一些基本的结构相似性，即存在一种通用的语法。我认为故事也是如此。无论我们回溯文学史时走得多远，无论我们在世界民间传说的丛林和荒地中走得多深，我们总是会发现同样一个令人吃惊的事情：他们的故事和我们的故事一样。在世界小说中，有一种通用的语法，故事的深层模式便是主人公需要面对困难并努力克服。

但是，这种语法除了骨架结构上的相似性之外，还有内容上的相似性。许多研究世界文学的学者指出，所有故事都围绕着几个大的主题展开。故事普遍聚焦于人类环境的巨大困境、性和爱、对死亡的恐惧和生活的挑战、权力（发挥影响力和摆脱屈服的愿望）。故事并不以上厕所、开车上班、吃午餐、患流感或煮咖啡为主题，除非这些活动能与巨大的困境联系起来。

为什么故事会围绕着这几个大主题展开呢？为什么它们与问题结构的联系如此密切？为什么故事是这样讲的，而不是以别的方式？我认为，问题结构揭示了故事讲述的一个主要功能，即表明人类的思想是为故事而塑造的，所以它可以被故事所塑造。

故事是社会生活的模拟器

海军战斗机飞行员要做很多困难的工作，但他们面临的最大挑战也许是将一架重约 23 吨且满载喷气燃料和重磅炸药的飞机降落在 150 多米的航空母舰上，这个航空母舰还以高达 30 节[①] 的速度在海洋上航行。航空母舰体积巨大、威力十足，但海洋更甚，整个飞机跑道会随着海浪移动。航母甲板上装载着大量人员和飞机，

① 30 节约等于 55.56 千米 / 时。——编者注

空间充裕的船腹里也聚集了成千上万的东西，有可怕的导弹和炸弹阵列，还有一组核反应堆。海军飞行员必须在任何天气或黑夜条件下降落在一条跑道上，还必须做到不破坏飞机、不误伤船友，也不造成核灾难。因此，教官会让年轻的飞行员在尝试实际着陆之前，在飞行模拟器上练习。这样既能掌握飞行的技能，也没有造成真正的人员伤害和地狱般的烈火的风险。

在航空母舰上降落飞机是一件很复杂的事，比这更复杂的是驾驭错综复杂的人类社会生活，而且这种事失败的后果几乎可以说是戏剧性的。只要人们组成群体，他们就有可能相互结成伙伴、交往或者相互残杀。

第二次世界大战期间，一架直升机在美国“约克城号”航母上盘旋着陆。

图片来源：Corbis。

无论在任何领域，练习都很重要。人们在平时的环境中练习打篮球或拉小提琴，以便在体育场或音乐厅这类重要场合能够表现出色。根据布莱恩·博伊德、史蒂芬·平克[①]和米歇尔·斯卡利塞·杉山（Michelle Scalise Sugiyama）等进化论思想

① 史蒂芬·平克是当代伟大的思想家，他的《心智探奇》《当下的启蒙》《思想本质》《语言本能》《白板》已由湛庐引进，由浙江人民出版社出版。——编者注

家的观点，故事是人们练习人类社会生活中关键技能的场所。

这个论点在进化心理学领域并不新鲜，它是作为虚构故事产生的经典理由之一的演化观点。例如，珍妮特·伯罗威认为，虚构故事的主要好处是提供低成本的二手体验（尤其是情感体验）。正如她所说：“文学为我们提供情感，而我们不需要付出代价，它让我们去爱、去谴责、去宽恕、去希望、去恐惧、去憎恨，却不需要承担上述所有感受可能涉及的风险。”

HBO 情景喜剧《消消气》（*Curb Your Enthusiasm*）提供了一门关于社会生存的严重问题的专门课程。本剧的大多剧情围绕着患有阿斯伯格综合征的主角拉里·戴维（上图所示）展开，他因不能理解和处理人类互动中的古怪默契，而犯下许多可怕的错误。

图片来源：David Shankbone。

心理学家、小说家基思·奥特利（Keith Oatley）将故事称为人类社会生活的飞行模拟器。就像飞行模拟器能让飞行员安全训练一样，故事也为我们提供安全训练以应对社会中的巨大挑战。像飞行模拟器一样，虚构故事将我们投射到与现实世界平行的激烈的模拟世界中。虚构故事的主要优势是让我们拥有丰富的经验，且不会因此丧命。例如，我们可以模拟一下与危险分子对峙，或勾引某人的配偶会发生什么事情，而这个虚构故事中的主人公会代替我们本人死去。

因此，思路可以这样延伸：我们渴求故事是因为我们喜欢故事，但大自然选择让我们喜欢故事，这样我们就能从实践中受益。虚构故事是一种古老的虚拟现实技术，专门用于模拟人类的问题。这是个十分有趣的理论。那么除了问题结构外，还有什么证据能支撑这个理论吗？

读故事的人更有能力成为社会栋梁

我正在看电视节目，NFL 的广告切进来。在我想要换台前，这个广告已经吸引了我的注意力。广告中以慢动作播放一个深色皮肤的男孩穿过绿色草地，直奔向我的客厅。男孩满面春风，向他右边的某人或某物投去半惊半喜的神色。突然，一个高大英俊的年轻人（休斯敦德州人队的防守队员）从画面外掠过来。他把那个傻笑的男孩像橄榄球一样拎起来，跑向摄像机，全程仍然是以慢动作完成。年轻人和男孩都咧嘴笑了起来，让独自坐在客厅里的我也不禁爆发出大笑，笑到脸部微微作痛。

20 世纪 90 年代，意大利的神经科学家们偶然发现了镜像神经元。他们将电极植入猴子的大脑，以便观察各神经区域所负责执行的功能，比如指挥猴子伸手去抓坚果时。简而言之，科学家们发现，猴子大脑的特定区域不仅在它们自己抓取坚果时亮起，在猴子看到另一只猴子或人抓取坚果时，这个区域也会亮起。

此后出现了大量针对猴子和人类的镜像神经元的研究。许多科学家现在认为，当我们做一个动作或体验一种情绪时，以及观察别人做一个动作或体验一种情绪时，我们的神经网络都会被激活。这也许可以解释为什么精神状态具有传染性，从脑神经的基础层面上解释了为什么我看到那个 NFL 广告时会笑出声来。虽然我只是“看到”橄榄球运动员和男孩脸上的傻笑，但此时我的大脑中已经触发了自动的镜像反应。也就是说，我真实地“抓住了”他们的快乐。

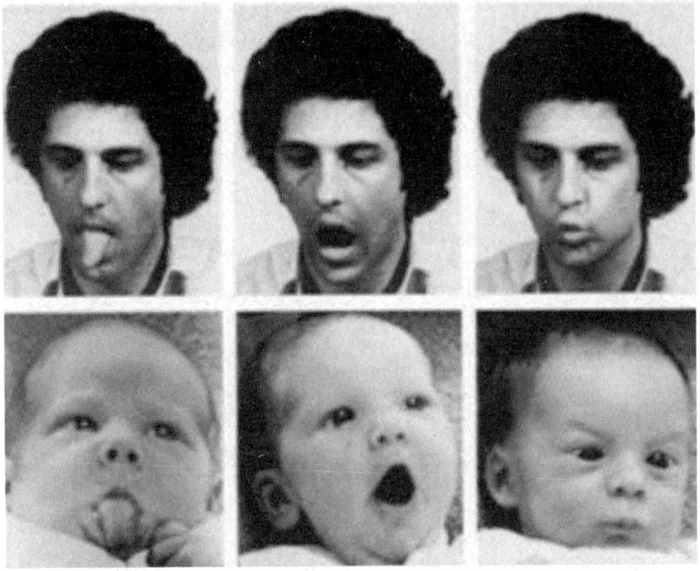

新生婴儿模仿人的面部表情。安德鲁·梅尔佐夫（Andrew Meltzoff）和他的同事认为，镜像神经元可能有助于解释出生仅 40 分钟的新生儿为何能够模仿人的面部表情和手势。

图片来源：Andrew N. Meltzoff and M. Keith Moore, “Imitation of Facial and Manual Gestures by Human Neonates.” *Science*, 198, 1977, 75–78。

镜像神经元也可能是我们在头脑中施展强大的虚构模拟能力的基础。镜像神经元研究先驱马可·雅科博尼（Marco Iacoboni）写道：

电影对我们来说如此真实，是因为我们大脑中的镜像神经元为我们重新创造了眼睛看到的屏幕上的困境。我们对虚构故事中的人物有同理

> 心，能获知他们的感受，就因为我们自己的确也正在经历同样的感受。当看电影明星在屏幕上接吻的时候，我们大脑中活跃的细胞与我们亲吻恋人时活跃的细胞是一样的。仅仅用“代入感”这个词来描述这些镜像神经元的效果，似乎还不够强烈。

与所有新兴的科学领域一样，这一领域的争论也很激烈。一些神经科学家确信，我们通过在神经元水平上模拟另一个人的思想，即用自己的大脑状态来镜像复刻这个人的思想，从而了解这个人在想些什么。其他科学家则持更谨慎的态度。① 但无论镜像神经元是否是问题的终极解释，我们都已经从实验室研究中得知了一个事实：故事不仅仅影响我们的精神，还会影响我们的身体。当主人公身处险境时，我们会心跳加速、呼吸加快、出汗增多。在看恐怖电影时，当电影里的受害者受到攻击时，我们也会产生蜷缩的防御反应。当英雄与反派争吵时，我们可能会在座位上激动地挥舞拳头。我们跟着《苏菲的抉择》（*Sophie's Choice*）哭得稀里哗啦，我们看《老实人》（*Candide*）或《恐惧拉斯维加斯》（*Fear and Loathing in Las Vegas*）时笑到无法自持。我们看《惊魂记》（*Psycho*）中的沐浴场景时会咽口水、冒汗，虚掩双目从手指缝中看。这个场景带来的阴影太真实了，以至于我们未来几个月洗澡时都可能会想起那一幕。

计算机科学家拜伦·里夫斯（Byron Reeves）和克利福德·纳斯（Clifford Nass）在合著的《媒体方程式》（*The Media Equation*）一书中指出，人们对小说和计算机游戏的反应，与他们对真实事件反应的剧烈程度是相同的。里夫斯和纳斯认为“媒介等同于现实生活”。即便知道故事是虚构的，情绪化的大脑依旧会把它当作真实事件来处理。这就是为什么我们会有一种强烈但愚蠢的冲动，想对恐怖片的女主角大喊：“放下电话，快跑！快跑！”我们对虚幻刺激的反应已经足够真

---

① 例如，伊兰·丁斯坦（Ilan Dinstein）和他的同事接受“镜像神经元是非常有趣的神经元，它可能是动物和人类某些社会能力的基础”这一观点，但他们指出，“人类镜像神经系统具有特殊性”的说法，尚无具有说服力的证据。——原书注

实了，因此当心理学家想研究某种情感（如悲伤）时，他们往往会让研究对象观看《老黄狗》（*Old Yeller*）或《爱情故事》（*Love Story*）等影片中催人泪下的片段。

现在，科学家正在神经元水平上对我们对虚构故事的反应进行研究。当我们在电影中看到一些可怕的、性感的或危险的东西时，我们的大脑就会兴奋起来，仿佛那件事不只是电影中的虚构片段，更是发生在我们自己身上的真实事件。例如，实验者在达特茅斯的一个大脑实验室里观看了克林特·伊斯特伍德（Clint Eastwood）的意大利西部片《黄金三镖客》（*The Good, the Bad and the Ugly*）中的场景，与此同时，有一台功能性磁共振成像（fMRI）机器对着他们的大脑扫描。由安妮·克伦德（Anne Krendl）领导的科学家团队发现，观众的大脑“捕捉”到了影片中所表现的所有情绪。当伊斯特伍德生气时，观众的大脑看起来也很生气；当场景是悲伤的，观众的大脑也显得很悲伤。

姆本巴·贾比（Mbemba Jabbi）领导的神经科学家团队开展了一项类似的研究，他们将研究对象放置于 fMRI 扫描器中，同时播放演员用杯子喝水然后做出厌恶表情的短片。此外，研究人员还朗读了一个简短的场景故事，要求受试者想象自己走在街上，不小心撞到了一个呕吐的醉汉，他们的嘴里被溅到呕吐物的场景，并在全程对受试者进行扫描。最后，科学家们让受试者实际试尝一种恶心的溶液，同时进行扫描。在这三种情况下，大脑中亮起的部位都是前脑岛，也就是人脑控制厌恶感的区域。正如其中一位神经科学家所说：“这意味着无论我们是看电影还是读故事，都是一样的：我们身体里对恶心感觉的表征会被激活，这就是为什么读一本书和看一部电影都能让我们感觉到主人公正在经历什么。”

这些对“看虚构故事时的大脑”的研究，与故事叙述的问题模拟理论达成了一致的结论。它们都说明，当我们在阅读虚构故事时，我们的神经元活动与我们真实面对“苏菲的选择”，或是在放松地淋浴时面对扯下浴帘的杀手一模一样。

科学家们已经开始在实验室里对虚拟人物进行实验。图片中，伦敦大学学院的研究人员复制了斯坦利·米尔格拉姆著名的电击实验，只不过他们电击的是一个半现实的卡通形象，而不是真实的人。尽管所有参与者都知道这个设置是假的，但他们也倾向于做出行为和生理上符合逻辑的反应，与电击真实发生的情况一样。

图片来源：The Public Library of Science。

我们持续沉浸在故事中尝试虚构的问题解决方法，似乎可以提高我们处理真实问题的能力。如果是这样的话，虚构故事会重新引导我们的大脑。神经科学领域的一个公理是："一起行动的细胞就会连接在一起。"也就是说，熟能生巧是因为任务的重复会建立起更密集和更有效的神经连接。这就是我们练习的原因：我们要在自己的大脑中设置"轨道"，使我们的行动更加清晰、快速和可靠。

在这一点上，我应该区分我所描述的问题模拟器模型和史蒂芬·平克提出的相关模型。平克在他的开创性著作《心智探奇》（*How the Mind Works*）中提出，故事为我们提供了面对未来可能出现的困境的心理准备，以及可行的解决方案。就像专业国际象棋选手会记下应对各种攻击和防御的最佳方案一样，我们也通过积累虚构的游戏策略，为现实生活做好准备。

“从他的书中挑选出来的一个无序的概念世界，蜷缩在他的想象中。”——塞万提斯，《堂吉诃德》。

图片来源：*The History of Don Quixote,* Miguel de Cervantes, illus. Gustave Doré, Cassell and Co., 1906。

但这种模式是有缺陷的。正如一些批评家所指出的，虚构故事可能是一份糟糕的现实生活指南。如果你真的试图用虚构故事中的解决方案来解决问题，最终可能会像滑稽的疯子堂吉诃德或悲惨的自欺欺人的艾玛·包法利一样，因为混淆了文学幻想和现实而误入歧途。

但平克的理论还存在一个问题，就是它似乎只基于显性记忆，也就是我们可以有意识地想起的那种记忆。但请回想一下，在过去几年，哪部小说或电影让你印象最深？现在你还记得什么？像我，我只会重新想起几个关键人物和基本要点，可惜的是，几乎所有的细枝末节都会在失忆的迷雾中消逝。而这还是那个最打动你的故事。试想同一时期你看过的成千上百部相对一般的情景喜剧、电影和散文小说，是不是几乎没有任何细节留在你的脑中？

但我所描述的模拟器模型并不依赖于我们以准确和可访问的方式存储虚构情景的能力。模拟器模型依赖于那些我们的大脑知道但“我们自己”不知道的隐性记忆。隐性记忆是有意识的头脑无法读取的内容，它是所有无意识处理背后的功臣，在驾驶汽车、挥舞高尔夫球杆，或是在鸡尾酒会的岩石滩上步行等过程中发挥作用。对模拟器理论的研究表明，“真实地演练任何技能……都可以提升表现，无论个人是否能够清晰记住训练的情节”。当我们体验虚构故事的时候，我们的大脑也忙着发射和布线，打磨并调整我们体验现实生活时的神经反射通道。

研究人员多年来一直对这个想法讨论不休，但在测试方面却进展甚微，其原因并不在于这个想法是无法测试的，而是因为研究人员根本没有习惯去探索文学问题背后的科学反应。海军管理人员检验飞行模拟器是否有效的方法，是看在模拟器上训练的飞行员训练结束后是否比在模拟器启用之前更熟练，以及是否是活着的（这是当然）。结果是很明确的：飞行模拟器有效。同样，如果虚构故事在进化方面的功能至少有一部分是模拟生活中的大难题，那么阅读大量虚构故事的人，比完全不看虚构故事的人应该更有能力成为社会栋梁。

找到答案的唯一方法是进行科学研究。心理学家基思·奥特利、雷蒙德·马（Raymond Mar）及同事已经着手进行了研究。他们在一项研究中对社交和移情能力进行了测试，发现重度小说爱好者相较于主要阅读非虚构图书的人，拥有更好的社交技能。他们还发现，这并不是因为那些已经拥有良好社交能力的人自然而然地倾向于小说。在第二次测试中，他们考虑了测试者个性特征的差异，以及性别、年龄和智商等因素，仍然发现大量阅读小说的人比大量阅读非虚构图书的人表现得更好。换句话说，正如奥特利所说，社交能力的差异“主要取决于人们主要阅读的书籍类型”。

请注意，这些结论并不是显而易见的。即便是有预设，我们对书呆子和内向的电视剧爱好者的刻板印象，可能会使我们预设阅读小说会降低社交能力，而不是提高这类技能。

因此，到目前为止，我们的中心思想是：虚构故事是一种强大而古老的虚拟现实技术，它模拟了人类生活的重大困境。每当我们拿起一本书或打开电视，我们就“嗖”的一下子被传送到一个平行宇宙。我们对主人公的挣扎极度感同身受，我们不仅同情他们，更与他们产生强烈的共鸣。我们感受到了他们的幸福、欲望和恐惧；我们的大脑开始运转，仿佛发生在他们身上的事情实际上也发生在我们自己身上。

面对虚构故事的刺激，我们的神经元不断发射信号，从而加强和完善神经通路，让我们能驾轻就熟地处理生活中的问题。从这个角度来看，我们被虚构故事所吸引并不是因为进化上的缺陷，而是因为总的来说，虚拟故事对我们是有益的。这是因为人类生活，特别是社交生活，是非常复杂且风险巨大的。虚构故事使我们的大脑能够练习对各种挑战作出反应，这些挑战对于我们这个物种的成功是最关键的。这点自古以来一向如此。正如我们将看到的，即便太阳下山，我们也不会停止模拟生活。

04

梦是夜间的故事，梦中的经验会影响我们与世界的互动

THE STORYTELLING ANIMAL

猪梦见橡子，鹅梦见玉米。

——匈牙利谚语

引自西格蒙德·弗洛伊德《梦的解析》

做梦是大脑在安全地运行模拟活动

我躺在床上，汗流浃背、气喘吁吁，除了眼球在眼睑下滚动外，全身就像瘫痪了一样。黄昏的最后一刻，我和 3 岁的女儿手拉手走在沙漠里。地平线很远，我们脚下的沙砾层因干燥而龟裂。

我坐在沙漠峡谷的高处，双脚悬在空中，俯视着山谷中正在进行的某场体育赛事。夜已经深了，火光像波浪一样沿着峡谷的侧壁起伏，也映照出运动员的身影。我微笑看着表演，像小男孩一样在悬崖边摇晃着双腿，享受此刻的悠闲。

我的女儿则沉浸在自己的世界里，沿着悬崖边欢快地跳舞转圈，裙子和头上的马尾辫飘逸在空中。我看着她对自己低声歌唱，踮起脚尖舞蹈，脚跟不落地。我微笑看着她，欣赏了一会儿眼前的小姑娘，然后转身观看比赛。

然后，她掉下去了，我知道我应该跟着她跳下去，但我动不了。

难以想象的绝望将我吞噬，此刻的痛苦是我无法忍受也无法解释的。无情的、不可违逆的死神已经把她带走了，并且永远不会将她归还。

图片来源：Photo courtesy of D. Sharon Pruitt。

但当我逃出梦境后，死神也释放了她。醒来后，我充满恐惧地在黑暗中躺了一会儿，思考这个奇迹到底是不是真的发生了。这个我最希望成真但最不可能成真的愿望真的实现了吗？我，一个无神论者，躺在床上满怀感恩地向虚空发去了我的祷告。

我们每一个熟睡的夜晚，都在现实的另一个维度上徘徊。在梦中，我们感到强烈的恐惧、悲伤、快乐、愤怒和欲望。我们会犯下暴行，会遭遇悲剧，有时能达到高潮，有时可以畅快起飞，更有时候会死掉。当身体处于休眠状态时，大脑会保持清醒，在我们心灵的剧院里即兴创作原创戏剧。

小说家约翰·加德纳把虚构故事比作“生动而连续的梦境”，但说它是“生动而连续的故事”也同样准确。研究人员通常将梦定义为“具有叙事结构的强烈的感觉运动幻觉”。在本质上，梦是夜间的故事：梦以一个主人公（通常是做梦者）为中心，讲述主人公为实现欲望而努力的故事。在谈论梦境的时候，研究者很难不用到一些这样的基本词语：情节、主题、人物、场景、背景、观点、视角。

图片来源：Corbis。

夜间故事是一个谜。试问谁没有对自己做梦时神经质的创造力感到惊讶呢？梦见自己在教堂里赤身裸体意味着什么？杀害无辜的人、在天空中翱翔又意味着什么呢？梦见自己在浴室里，惊恐地看着一个邪恶的小精灵蹲在洗衣篮上，同时母亲在敲门，而你从镜中并没有看到小精灵，只看到自己的身影。这样的梦又意味着什么呢？我相信所有人都想过同一个问题。比如，我一身冷汗地从沙漠之梦醒来后就想过，为什么自己的大脑选择整夜不睡，难道是为了自我折磨吗？我们到底为什么会做梦？

几千年来，梦被解读为来自精神世界的加密信息，只有祭司和巫师才能破译。但到了 20 世纪，弗洛伊德等人以胜利的姿态骄傲地宣布，梦实际上是来自本我的加密信息，只有牧师一样的精神分析学家才能破译它们。为了了解精神分析的梦境解释，让我们来看看弗雷德里克 · 克鲁斯（Frederick Crews）对弗洛伊德最著名的案例研究之一，狼人谢尔盖·潘克耶夫［Sergei Pankeev，或潘克杰夫（Pankejeff）］个案的解读：

弗洛伊德决心找到潘克耶夫症状的原初场景。为此，他明显过于武断地解读了潘克耶夫记忆中 4 岁时的一场梦境。在潘克耶夫的梦中，六七只白狼蹲坐在窗外的一棵树上。但弗洛伊德后来不得不承认，潘克耶夫梦到的其实是狗。弗洛伊德解释说，这些狼代表父母，白色表示床单；它们静止的状态是一种“反向作用”，即意味着交媾。弗洛伊德继续按照这种随心所欲的逻辑解读说，狼的大尾巴对应着阉割，白天对应着夜晚。而梦中所有的一切都可以追溯到潘克耶夫一岁时的记忆，他在婴儿床旁连续三次看到自己的父母以狗的方式交媾，然后他就失禁了，这是一种因恐惧而产生的抗议。

西格蒙德·弗洛伊德（1856—1939）。这张照片摄于其最著名的作品《梦的解析》（1900年）出版前后。

图片来源：Corbis。

如今，许多梦境科学家对弗洛伊德的研究成果不屑一顾。现代最杰出的梦境科学家艾伦·霍布森（J.Allan Hobson）称精神分析是一种“幸运饼干”式的解梦模式。对于像霍布森这样的研究人员来说，寻找梦的隐藏符号学是对时间的巨大浪费。对于弗洛伊德在梦的显性（明显的）和隐性（象征的）内容之间的对比，霍布森大声反驳道：“显梦就是梦，就是梦，就只是梦啊！”但是，如果梦不是来自神灵或自己心灵的编码信息，那么梦的存在是为了什么？

像手一样，梦可能也具有多种功能。例如，有一些证据表明，梦可以帮助我们将新的经验放置在介于短期记忆和长期记忆之间的恰当位置。许多心理学家和精神病学家认为，梦也可能是一种形式的自我疗愈，帮助我们解决清醒生活中的焦虑问题。已故诺贝尔奖得主弗朗西斯·克里克（Francis Crick）提出，梦是为了将无用的信息从头脑中剔除。克里克认为梦是一种处理系统：“我们做梦是为了忘记。”

还有人认为，梦没有任何目的。如欧文·弗拉纳根所说：“我们的梦不是由自然设计的，没有任何功能……没有功能，只是一种噪声，就像胃的咕噜声或心脏搏动的声音一样。”心脏发出的砰砰声并不是为了泵血。正如儿童读物中所说，每个人都会排便，但这不是吃饭的意义。排便是我们吃东西的需求产生的一个副作用。与弗拉纳根和许多其他研究人员的观点相同，梦只是大脑产生的废物，它是睡眠中的大脑进行“有用”工作时产生的“无用”的副产品。这样说来，我为什么会做那个关于沙漠的梦呢？其实根本就没有原因。

梦的副产品理论的首字母缩写是 RAT（random activation theory，随机激活理论）。该理论基于这样的想法：大脑在夜间有大量的工作要做，特别是在快速眼动睡眠期间。这些夜间的工作可能是我们要睡觉的原因之一：这样大脑就可以完成白天未能完成的所有杂事。

但正如我们将在下一章中所看到的，我们都有大脑回路，这些回路会仔细研究传入的信息，寻找模式，并将这些模式排列成叙事。根据梦的副产品理论，这些讲故事的脑回路中存在一个缺点：它们从来不知道睡觉时大脑接收的噪声是没有意义的。相反，它们把这些杂乱无章的声音当作清醒时流进来的信息，试图把它变成连贯的叙述。我们心中那部分“讲故事”的自我并没有什么理由这样做，这样做只是因为我们终生“不眠不休”，且对故事深深上瘾，根本无法自拔。

图片来源：Getty Images。

梦的副产品理论是一个大胆的理论，它将梦境定义为精神垃圾，挑战了心理学和民间智慧里的所有固有思维。同时它也是个聪明的理论，能将大量与做梦有关的混乱数据串成一条逻辑。为什么梦都如此奇怪？为什么父亲能平静地坐着看自己的宝贝女儿在悬崖边转圈？为什么精灵们会蹲在洗衣篮上自慰泄愤？梦境中所有的怪异元素都可以归结为一个原因：大脑会不顾一切地根据随机输入的元素整理出有序的叙述。

虽然大家都同意梦可能是一种副产品，但各方对 RAT 的态度远未达成一致。批评该理论的人认为，虽然梦的内容的确奇异，但还没有奇怪到可以用 RAT 来解释的程度。芬兰的梦境研究者安蒂·雷翁索（Antti Revonsuo）认为，人们太容易关注到梦境的怪异性。我们对怪异的梦记得最清楚，所以我们没有注意到大部分的梦其实是现实且连贯的。针对梦的副产品理论，雷翁索是这样说的：

> 任何随机过程都不可能创造出对清醒世界如此复杂的模拟。怪异性当然是梦的一个常规特征，但它只是对复杂故事的背景情境做了一点点不合理的改动，只是高度组织化的信号中的一点噪声。因此，梦的副产品理论只能解释较小的怪异点，也就是程度较低的噪声，但它不能解释这些包含小怪异点的梦为何具有高度的组织性。

雷翁索还指出，梦的副产品理论的支持者对大脑与梦之间的因果关系的推导是毫无根据的。该理论简单地假设是某些大脑状态引发了梦的特性。比如，该理论的支持者们会说，梦是高度情绪化的，因为与情绪有关的边缘系统和杏仁核都恰好在快速眼动睡眠中被唤醒。他们却不接纳另一个同样合理的解释，那就是大脑的情感中心被唤醒，正是因为做梦者做的是情绪化的梦。

还有肌张力缺失状态，即在快速眼动睡眠中出现的睡眠瘫痪阶段。我们为什么会有这种阶段？这一定是因为在很久以前，我们的祖先通过在梦里进行角色扮演来伤害自己和他人。当你在梦中与一个食肉僵尸打架时，你的大脑不知道自己在做梦。它认为自己在真实地与僵尸搏斗。它在向身体发出指令。蹲下！左勾拳！右后手直拳！戳它的眼睛！快跑吧！快跑！我们沉睡的身体不服从这些命令的唯一原因是它们从未收到这些命令。所有的运动指令都被脑干中的阻断指令拦截了。

但从梦的副产品理论的角度来看，这种封锁并没有什么意义。在梦的副产品理论中，我们大脑的某些部分会根据大脑其他部分在困意中产生的胡言乱语构思出疯狂的虚构故事，这没问题。但大脑运动中心总倾向于把夜间的故事当作千真万确的事实，并做出恰当的反应，这点就值得警觉了。如果梦告诉我们去跳崖，我们就真的会跳崖；梦要求我们战斗和冲刺的时候，我们也会响应。因此，从梦的副产品理论的角度来看，梦实际上是危险的，这可比毫无价值要可怕多了。

从进化的角度看，对这个问题最简单的解决方案不会是让身体在快速眼动睡眠期间“瘫痪”，这种方案太极端了。最简单的办法应该是让我们身体中那个讲故事的人安静下来，让它在晚上失去活力，或者暂时阻止它通过大脑指挥其他活动。相反，人类进化出了一个解决方案，允许大脑安全地运行模拟活动，仿佛梦境肩负着一个重要的目的，因此需要被保护。

但对梦的副产品理论来说最不利的一点是，有证据表明做梦这种行为并不是人类专属的，在其他动物中也很普遍。很显然，许多其他物种在进化过程中也保留了快速眼动睡眠、梦境以及保护做梦安全的大脑阻断功能，这也表明梦是有价值的。

做梦是为了练习生存问题

早在 20 世纪 50 年代，法国梦境科学家米歇尔·朱费（Michael Jouvet）就指出，许多动物都会经历快速眼动睡眠和肌张力缺失状态，但它们真的会做梦吗？为了弄清楚这个问题，朱费购买了大量的流浪猫，并进行了一系列操作。

朱费试图破坏能阻断小猫行为能力的肌张力缺失状态。他推断，如果猫做梦，那么来自大脑的运动信号就会到达肌肉，猫就会对自己的梦境做出反应。朱费必须通过实验和试错，对猫的脑干造成足够的伤害，保证在破坏肌张力缺失机制的情况下，还能不损害猫的生命以及身体机能。

朱费把幸存的猫放在大的有机玻璃盒子里，将它们与监测生命体征和大脑活动的设备连接起来。在猫睡觉时，会有一台摄像机记录它们的情况。朱费得到的结果是显著而明确的：猫会做梦。在进入快速眼动睡眠的几分钟后，朱费的猫会突然醒来。它们会睁开眼睛，抬起头看向四周。它们的眼睛是睁开的，但它们看不到东西，对面前的美味食物也没有做出反应。当研究人员用手弹向猫的眼睛时，这些猫并没有退缩。

这些猫此时处在遥远的梦境中，对清醒的世界漠不关心。它们在做着自己的梦。它们四处走动，进行侦察。它们摆出了跟踪或等待的姿势。它们从事捕食行为，向看不见的猎物扑去，将牙齿插入猎物的体内。这些猫还表现出了防御行为：它们会通过竖起耳朵后退来躲避威胁，或者用嘶嘶声和爪子来反抗威胁。

简而言之，朱费的实验不仅表明猫会做梦，还表明它们会梦到非常具体的东西。他指出了一个显而易见的事实：猫“梦到了它自己物种的一些特征行为（如躺着等待、攻击、愤怒、惊吓、追击）”。但如果仔细查看朱费的列表便会发现，他实际上并没有发现猫会梦到本物种全部的“特征性”行动。相反，他的猫似乎只梦到了猫的生活中一个较小的方面，即如何捕猎和不被捕食。

对于普通的公猫来说，“梦境”并不是一个充斥着猫薄荷的狂欢之地——一个充满温暖的阳光、金枪鱼罐头和发情的母猫叫声的世界。在猫的梦中，恐惧和攻击性的感觉占了主导地位，因此它更接近于地狱而不是天堂。

麻省理工学院的科学家们确定了老鼠可能会做梦，但这个发现对 RAT 理论不利。

图片来源：Corbis。

朱费认为他的研究具有超越猫科动物的意义。他认为，梦在动物中可能是普遍存在的，而不可能只是碰巧在他研究的一个物种中存在。他还认为，梦可能在整个动物界都很常见，而且它们有一定的目的性。

朱费提出了一种可能性，即梦是为了练习。在梦中，动物们会“排练”对与自己生存最相关的问题的反应。猫练习猫的生存问题，老鼠练习老鼠的问题，人类练习人类的问题。梦是一个虚拟现实的模拟器，人们和其他动物都在其中练习对生活的重大挑战的反应。

朱费的理论作为关于梦的一般性理论，并没有立即变成主流，部分原因在于，在 20 世纪 50 年代，梦的整个研究领域仍然由弗洛伊德主导。弗洛伊德主义者认为，梦是被压抑的愿望的变相实现，因此弗洛伊德引用了一句他认同的谚语：“猪梦见橡子，鹅梦见玉米。”但是，后期的一些研究结果却支持了朱费的理论，反而与弗洛伊德的愿望实现理论渐行渐远。最近的研究表明，如果鹅做梦（而且它们很有可能会做梦）的话，它们可能不会梦到玉米，而有可能梦见狐狸。此外，猫可能会梦见咆哮的狗，人会梦见坏人，小女孩会梦见自己失去平衡，坠入太空。

焦虑的梦多于快乐的梦

梦境与我们大多数人想象的有很大不同。弗洛伊德关于“梦境是伪装的愿望”的理论，只是将一种民间的流行观念规范化了，即梦是奇幻诡谲的。比如，你会在同事休假回来后问她“玩得开心吗？”，她会说“噢！太开心了，像梦一样！”。此外，当美妙的事情发生时，我们也会说是“梦想成真”了。

谢天谢地，梦一般不会成真。正如艾伦·霍布森所说：“（在梦中）恐惧和愤怒等强烈的情绪波动，促使我们逃跑或与想象中的捕食者作战。要么战斗，要么逃跑，这是在每个夜晚的梦境中持续存在的意识规则，即便在光辉灿烂的快乐梦境中，我们也很少有喘息的机会。”尽管梦境研究者们可能对霍布森的数据处理方式存在一些异议，但大多数人普遍同意他的观点：梦境不是一个快乐的地方。

梦境报告的收集主要有两种方法。一种是较少控制的方法，需要受试者记录梦境。这就要求他们在早晨醒来后立即起身，在梦的记忆消失之前记录下自己刚做过的梦。另一种是控制程度更高的方法，研究人员会在实验室里推醒沉睡的受试者然后问他们："快说，你梦见了什么？"随后，研究人员会使用各种技术对梦境报告中的特征进行量化分析。

我在2009年12月13日晚上做了这样一场梦，以下是我在醒来后匆忙记录下的梦境：

- 我梦见那是一个圣诞节的早晨，醒来后我想起自己忘了给妻子买礼物。当全家开始拆礼物时，除我以外每个人都很高兴，但我在焦虑中逐渐迷失：我要怎样才能摆脱这个困境啊？
- 另一个焦虑的梦：有位作家抢先发布了本书中的一个重要部分，比我更早出版，这就让我写的东西毫无意义了。
- 我推着婴儿车在外面慢跑，车里是熟睡的女儿。安娜贝尔醒了，摸索着从婴儿车里爬出来，从一个刚铺好的斜坡上滚了下去。我吓坏了，急忙追下去。她的背被刮伤了，但其他方面都还好。一位有钱女士开着一辆豪华轿车路过，载我们回到她的豪宅，让安娜贝尔在一个壮观的室内游乐场和其他孩子一起玩耍。
- 我在一个度假村，可能就是我和妻子度蜜月的地方。一个有魅力的女人想与我搞婚外情。我还没想好，但不久就得知这一切都是为了敲诈我而设的圈套。

上述梦境中没有一个可以称得上是噩梦，都没有像沙漠之梦那样给我留下深刻印象，但都充满焦虑。在这些梦中，我生命中最重要的东西受到了威胁：妻子的爱、作家这份工作、孩子的人身安全，以及我的道德声誉（还称不上美德）。

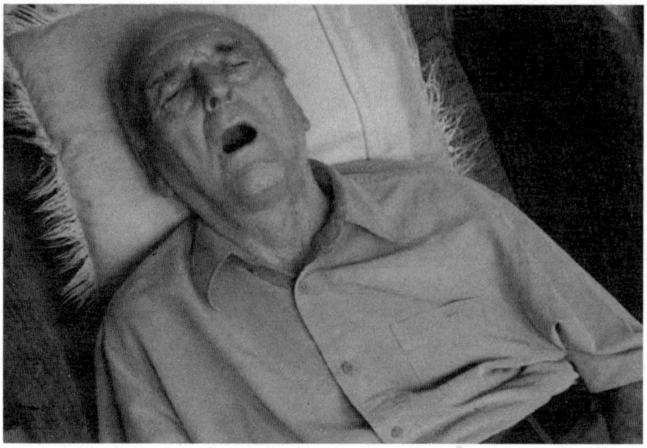

虽然我们显然不能在人身上进行米歇尔·朱费的实验，但事实上自然界已经多次进行了这种实验。受快速眼动睡眠行为障碍（RBD）困扰的，主要是患有某些神经退行性疾病（如帕金森病）的老年男性。这种疾病使大脑陷入困境，并使脑干无法封锁梦境。当患有RBD的男人在睡觉和做梦时，他们会从床上起来执行大脑的命令。就像朱费的猫一样，这些人似乎很少梦到快乐的事情，梦到的总是麻烦。在一项对四名患有RBD的男子的研究中，四人均在睡眠中表现出危险的攻击行为，有时还会伤害自己或他们的妻子。

图片来源：Nicky Wilkes, Redditch, UK。

我的微型梦境日记与其他研究都表明，梦境中充斥着对人身安全和情绪稳定的威胁。卡加·瓦利（Katja Valli）和安蒂·雷翁索在2009年对梦境中的威胁展开了一项研究，得出了一些惊人的统计数据。据瓦利和雷翁索估计，一个人平均每晚会做3个快速眼动睡眠时期的梦，每年会做大约1200个。在对许多大型研究中的梦境报告进行分析后，他们估算出这1200个梦中，有860个梦里至少包含一项威胁性事件。研究人员对“威胁”的定义虽然宽泛但很合理，包括对身体的威胁，在社交方面受到的威胁，或对贵重财产的威胁。但是，由于大多数威胁性的梦境描绘了不止一个威胁性事件，因此研究人员估计，人们每年会做大约1700个威胁性的快速眼动睡眠梦，也就是每晚约5个。假如以70年的寿命来推算，那么普通人将经历大约6万个威胁性快速眼动睡眠梦，体验将近12万个不同的威胁。简而言之，薇薇安·佩利对儿童假扮游戏的论述似乎同样适用于梦：梦是“试演坏事的舞台”。

瓦利和雷翁索承认他们的统计数据并不是无懈可击的，因为它们只是基于不完善数据的预测。但是，无论与威胁有关的数据误差大还是小，都能证明一个重要观点：对普通人来说，梦境比清醒的世界更具威胁性，这一点无可置疑。正如雷翁索所言，对生命和肢体的威胁“在现实生活中非常罕见，但它们在梦中的发生频率却有大有小，很有可能超过现实生活中的发生频率”。比如，在瓦利和雷翁索的研究中接受测试的芬兰大学生并不是每天都要面对身体上的威胁，但每晚都要在梦里面对这些威胁。

必须强调的是，同样的威胁模式不仅出现在西方大学生身上，所有被研究的人群均是如此，无论是亚洲人、中东人，还是偏远地区的狩猎采集部落，也无论是儿童还是成年人。在世界各地，最常见的梦境类型是被追逐或被攻击。其他常出现的主题包括从高处坠落、溺水、迷路或被困、在公共场所赤身裸体、受伤、生病或死亡，以及陷入自然或人为的灾难中。

因此不难想到，梦境中的主导情绪是负面的。当你进入梦境时，你有时可能会感到快乐，甚至会兴高采烈，但大多数时候你会感到愤怒、恐惧和悲伤。虽然我们有时会梦到快乐的事情，如做爱或像鸟一样飞翔，但快乐的梦境比我们想象的要少得多。每 200 个梦中只有 1 个与飞翔有关，情色内容出现的比例只有 1/10，而即便主题主要与性有关，梦的内容也很少以享乐主义的方式呈现，相反，像我们的其他梦一样，性梦通常带有焦虑、怀疑和遗憾的情绪。

梦中积累的经验
塑造着我们的大脑

梦会极大地凸显冲突和危机，同样也会降低日常生活中的小事的出现频率。例如，研究人员对 400 个人的梦境报告进行了研究，这些人平均每天有 6 小时沉浸在工作和学习生活中的琐事，比如打字、阅读、计算和使用电脑。然而，在他们清醒时间中占据重要地位的工作活动却几乎从未在他们的梦中出现。相反，他们梦到的是麻烦。麻烦是一条粗粗的红线，将假扮游戏中的幻想、虚构的故事和梦境联系在一起，麻烦为它们共同的功能提供了可能的线索：让我们练习如何应对人生的重大困境。

保守估计，如果仅考虑快速眼动睡眠梦，我们每晚会做 2 小时生动且具有故事性的梦，在普通人的一生中，这相当于 5.1 万小时，也就是 6 年内不间断做梦。在这些年里，我们的大脑模拟了成千上万种不同的反应，以应对成千上万种不同的威胁、问题和危机。最重要的是，我们的大脑通常没有办法知道当前经历的只是一个梦。正如睡眠研究专家威廉·迪蒙特（William Dement）所说："我们把梦当作真实"，因为从大脑的角度来看，"它就是真的"。

美国密歇根大学的心理学家迈克尔·富兰克林（Michael Franklin）和迈克尔·塞弗（Michael Zyphur）认为这些事实具有重要意义：

> 可以从大脑的可塑性角度思考。你每天只需在特定的任务上进行 10 ～ 12 分钟的运动练习，如弹钢琴，大脑的运动皮层就会在几周内完成自我重塑。在梦中度过的时间肯定会影响大脑的发育，从而影响我们未来的行为倾向。我们此生从梦中积累的经验肯定会影响我们与世界的互动方式，也必然会影响我们的整体健康。不仅从个人角度看如此，从人类物种角度看更是如此。

但怎么解释我们糟糕的记忆力呢？富兰克林和塞弗承认，梦醒失忆症是否定梦境的一个极其直观的理由。由于我们对梦境的记忆通常会随着朝阳升起而消逝，所以它们对我们来说不可能有什么价值。

但正如前文所述，我们很可能高估了"有意识的知识"的重要性。人类拥有内隐和外显两种记忆。问题模拟模型基于的是无意识的内隐记忆。我们在大脑自我重塑时学习，而我们不需要有意识地记住这种重塑的发生。最好的证明来自对失忆症患者的研究，他们可以通过练习来提高记忆，同时却不保留任何关于练习的有意识的记忆。

最近我正在“教”大女儿艾比（当时 6 岁）如何在没有训练轮的情况下骑自行车。我之所以说“教”是因为，我实际上只是作为爸爸在她身边慢跑，看着她在路上摇摇晃晃，告诉她如何保持平衡。艾比花了一个星期左右的时间便基本掌握了平衡，还能在路上转急弯。我很惊讶她学会了转弯，便问她是如何做到的。她自信地回答:“我只是扭了扭把手，然后车轮就转开了。”

这是一个合理的回答，但艾比并不是这样完成自行车转弯的。正如加州大学伯克利分校物理学家乔尔·法扬斯（Joel Fajans）所解释的那样，让自行车转向实际上是一个复杂的过程。

> 如果你在将自行车向右倾斜之前试图向右转弯，离心力将导致你向左倾倒而撞车……将自行车向右倾斜，可以降低重力以抵消离心力。但你如何让自行车向右倾斜呢？就要通过反转向，即通过将车把转向左边。换句话说，要想右转，你首先要把车把转到左边！

在未来的某一天，艾比可能会忘记学习骑自行车的记忆，忘记她的恐惧或骄傲，也忘记在她身边呼哧呼哧跑步的我，但她仍会记得如何骑车。骑自行车就是一个很好的例子，说明我们可以在没有意识的情况下学习一些东西，并学好它。我们的大脑知道很多“我们”不知道的事情。

对此，心理学家哈里·亨特（Harry Hunt）等怀疑论者对梦的问题模拟理论提出了一种似乎更有力的反对意见。他们认为，如果一个模拟器有价值，就必须是十分实际的。例如，一个不够真实的飞行模拟器可以帮助飞行员训练，但这种训练的弊大于利。亨特和其他人认为，梦不能作为模拟器，因为它是不现实的。亨特写道："很难看出我们因恐惧而动弹不得、慢动作的奔跑和基于荒谬推理得出的逃生策略，如何应用于实际生活。"

但仔细思索一下亨特的反对意见，便能发现他不是在描述普通的梦，他是在描述噩梦。研究表明，噩梦比其他类型的梦更离奇，而且我们对它们的记忆更深刻。因此，梦境中无用的怪异情景可能是我们最有可能记住的那种梦的副作用。事实上，来自多项研究的大量梦境报告样本表明，大多数的梦境都是相当现实的。瓦利和雷翁索的结论是，我们对梦中困境的反应通常是"有关联的、合理的，并且适合梦中情境的"。

根据雷翁索的说法，梦的模拟模型是一项巨大的突破："我们第一次能够真正理解自己为什么做梦。"但正如我在前文所强调的那样，确定梦境、假扮游戏或幻想的功能并不意味着我们已经确定了该功能。我的沙漠噩梦可能是通过吓唬我这种方式，让我更好地照顾我最珍视的东西，但这并不是它的全部意义。我必须惭愧地承认，这个梦是对我生活中一个典型场景的夸张演绎：我的女儿们经常在我阅读、写作或观看电视上的大比赛时试图吸引我的注意力，但只有少数时候会成功。我的噩梦在某种程度上是一种尖锐的指责。这个梦是在说，大型比赛并不重要，你腿上的书也没那么重要。我要务必注意：唯一重要的是女儿们。

05

大脑天生喜欢故事，更喜欢创造故事

THE STORYTELLING ANIMAL

让我姑且下一个定义：人，是讲故事的动物。无论人走到哪里，他希望留下的不是混乱的尾迹，不是空荡荡的空间，而是抚慰心灵的标记和故事的痕迹。人必须不断编造故事。只要故事存在，一切好说。据说，即使在人生命的最后时刻，不论是坠落高空的濒死瞬间，还是溺水的弥留时刻，他眼前倏忽闪过的，都是自己整个人生的故事。

——格雷厄姆·斯威夫特（Graham Swift）

《水之乡》（*Waterland*）

疯狂的“空气织机帮”

现在是1796年12月30日，一群罪犯被关在伦敦贝特莱姆医院（Bethlem Hospital）地下的一个潮湿的大地窖里。阴郁的黑帮头目“国王比尔”（Bill the King）在地窖里转了一圈，检查他那台可怕的机器。他用脚趾轻点着几个环绕钢箍的大木桶，桶里装满了恶心的东西，如人的精液、狗粪、粪池的臭味和马屁。“国王比尔”把耳朵贴在桶上，听着里面的东西发出搅动和受压渗溢的声音。他伸手拨弄着几根嘶嘶作响的管子，这些管子仿佛从桶里窜出来的黑蛇，将有毒的烟雾喷入机器内。

“国王比尔”走向这台机器时与其他恶棍擦肩而过：年轻的夏洛特躺在冰冷的鹅卵石上，半裸着身子，被锁链勒得生疼；“校长杰克”（Jack the Schoolmaster）在笔记本上用铅笔画素描。“校长杰克”给“国王比尔”大声讲了一个小圈子的人才能听得懂的笑话：“我要看到公平的判决！”“国王比尔”皱着眉头走过，是的，还没有任何人能让他微笑。但这个笑话却逗笑了“阿奇爵士”（Sir Archy），他笑得越发张扬，也回赠了“校长杰克”一个笑话，一个与年轻的夏洛特有关的低级笑话。“阿奇爵士”的嗓音尖利，还总是装作有口音，因此被其他人怀疑是个假扮男人的女人。

“国王比尔”没有理会这些蠢货。他绕着巨大的机器引擎转了一圈，用手抚摸橡木的纹理，眼睛盯着每一块木板和螺栓。这台机器被称为“空气织机”，是一个巨大的方形盒子，立在弯曲的足上。总高 1.8 米，每边长 4.5 米。

“国王比尔”走到了空气织机的控制面板处，“阿奇爵士”和“杰克校长”正无情地嘲笑一个满脸麻子的老太婆，他们叫她“手套女”(Glove Woman)。“手套女”坐在一张凳子上，以快到看不清手的速度操作空气织机的控制器。她戴着手套的双手上下翻飞：扭动、拉动旋钮，拨动开关，摆弄着机器上用象牙做的键。“国王比尔”俯下身子，在她耳边轻声说：“流体锁定。”

“手套女”扭了一下最大的铜钮。指针动了起来，顺次经过以下设定：放风筝（让一个想法浮在脑海中数小时）、拉长大脑（将思想扭曲）、集气（从肛门排出的屁中获取磁性液体）、炸弹引爆（引爆脑中的痛苦），思想制造和勾脚趾（字面意思），生命撕裂和剥落纤维（非常痛苦），以及最严重的龙虾破裂（致命）。“手套女”将指针定格在流体锁定上，比尔低声说：“继续。”

艺术家罗德·迪金森（Rod Dickinson）根据詹姆斯·蒂利·马修斯（James Tilly Matthews）的草图，忠实地再现了空气织机。

图片来源：*The Air Loom, A Human Infl uencing Machine,* 2002, Rod Dickinson。

“手套女”对空气织机的内在科技一无所知，但她摆弄这台机器已有多年时间，现在算得上是个老手。她操纵杠杆，转动机器部件，每个键都调节着通往不同木桶的阀门。空气织机的每一次设置都像是一首由电子化学音符组成的歌曲。

在机器内部磁铁的振动作用下，大型织机开始将桶中的化学物质直接“编织”到空气中。被磁化的气体向上流动，吹起了空气织机顶部的一个类似风车的小装置。该装置的帆开始转动，将这些非自然的气体像射线一样向外部和上方吹去。

被磁化的气体通过地窖的墙壁流出，穿过层层叠叠的湿土和瓦砾上升；穿过下议院的门廊，集中在坐在观众席上的某个年轻人周围。年轻的詹姆斯·蒂利·马修斯突然感到自己周围的空气在翻滚，嘴里尝到了血的味道。他知道该怎么做，他久久地屏住呼吸，随后打乱了自己的呼吸模式，并以此来躲避空气织机的攻击。

马修斯坐在那里，喘着粗气，看着他这个时代的伟人在甲板上大吼大叫，趾高气扬。威廉·皮特（William Pitt）首相正站在甲板上满怀激情地抨击法国，敲响了战争的鼓点。皮特的表现证实了马修斯最担心的事情：英国首相是“空气织机帮”的傀儡。

马修斯感到很沮丧，他是唯一知晓真相的人：英国政府已经被一个巨大的阴谋集团所控制。马修斯这个破落的茶商、穷光蛋正生活在历史的中心，而空气织机帮知道这一点。这就是为什么约克公爵和普鲁士国王正在暗中对他采取行动。这就是为什么要通过严厉的法律让他保持沉默。这就是为什么整个政府机构都在拦截他的邮件。

马修斯犯了一个严重的错误。他让忧思分散了自己的注意力，忘记了要躲避机器。他深而均匀地呼吸着，空气织机发现了他，向他袭来，使他的肺里充满了劣质的刺激性气体。马修斯知道这就是流体锁定。他能感觉到气体在他的身体里冒泡，凝固他的体液，冻结他舌根的肌肉，而他会在几秒钟后失去说话的能力。

他现在必须采取行动。他站起来，对着议会成员大喊："卖国贼！"

大脑努力从纷杂的信息中提取意义

在贝特莱姆医院，也就是大名鼎鼎的贝德莱姆（Bedlam），马修斯被当成不可救药的疯子关在这里，尽管他有许多分身能够自由进出医院活动。当马修斯躲避疯人院的空气织机射线时，他突然意识到自己是这个世界的皇帝，于是他写下了对将他软禁的国王和权贵的严厉控诉。

马修斯的医生名叫约翰·哈斯拉姆（John Haslam），他在一本名为《疯狂的明证》（*Illustrations of Madness*）的书中为马修斯的病例做了说明。前文的叙述便主要来自哈斯拉姆的书和迈克·杰伊（Mike Jay）对马修斯的精彩研究之作——《空气织机帮》（*The Air Loom Gang*）。《疯狂的明证》是精神健康领域的经典案例研究，也是医学史上对偏执型精神分裂症的第一个清晰描述。

"精神分裂症"被称为"精神病学的核心之谜"，精神分裂症患者被各种怪异的信念、妄想和幻觉所支配。像马修斯一样，他们经常听到外星人在他们耳边嘀咕。他们经常相信自己的行为是由外星人、神、魔鬼或邪恶的阴谋策划控制的。而且他们经常有了不起的妄想：他们认为自己很重要，重要到能被外星人、恶魔和阴谋家盯上。

马修斯对"空气织机帮"的设想可以称得上是一部精彩的作品。他让自己成为在具有世界历史意义的大戏中历经磨炼的主角，并让真正的权贵和首相扮演小角色。为方便故事发展，马修斯还创造了一整队恶棍，他为"国王比尔""手套女""阿奇爵士"设计的不同怪癖和怪异之处，让人物变得丰满起来。如果马修斯把他的阴谋论妄想写成一部小说，他可能会赚得盆满钵满，或许会成为一个 18 世纪的丹·布朗（Dan Brown）。

在马修斯 30 岁左右时，他的大脑未经他允许，决定创作一部复杂的小说。马修斯也在这部小说里度过了自己的余生。人们很容易将妄想型精神分裂症患者和创造性艺术家的创造力进行对比。其实几百年来，疯癫和艺术天分之间的关系都是老生常谈的文化主题。拜伦在谈到诗人时写道："我们这些匠人都是疯子。"约翰·德莱顿（John Dryden）在《押沙龙与阿齐托菲尔》（*Absalom and Achitophel*）中宣称："伟大的智慧必然接近疯癫，两者只有一线之隔。"莎士比亚在《仲夏夜之梦》中写道，疯子和诗人的"想象力都很丰富"。

在很长一段时间里，人们或许只把疯狂和创造力之间的联系看作茶余饭后的名人趣闻：凡·高割下了自己的耳朵；西尔维娅·普拉斯点燃煤气炉自杀；格雷厄姆·格林开枪自杀，并对外声称是在玩"俄罗斯轮盘"；伍尔夫在口袋里塞满石头，然后投入奥斯河自尽。但在过去的几十年里，出现了越来越多的有力证据证明两者之间的联系。

心理学家凯·雷德菲尔德·杰米森（Kay Redfield Jamison）在其经典著作《触火之恋》（*Touched with Fire*）中曾生动地写下自己与双相情感障碍的斗争，她表示精神疾病和文学创作之间存在着紧密的联系。她基于已故作家的信件、病历和已出版的传记，以及对在世的天才作家进行的研究，认为精神疾病是普遍存在的。例如，文学作家患躁郁症的可能性是普通人的 10 倍，而诗人患这种疾病的可能性更是达到了惊人的 40 倍。基于这样的统计数字，心理学家丹尼尔·内特尔（Daniel Nettle）写道："西方文化的大部分经典都是由有点疯狂的人创作的，这一点很难被忽视。"散文家布鲁克·艾伦（Brooke Allen）则更进一步，她说：

> 西方的文学传统，似乎是由酗酒者、难以自拔的赌徒、狂躁抑郁症患者、性侵者，或包含上述两种、三种甚至全部的特点的人所主导的。

斯蒂芬·金在他的回忆录中写，他对药物滥用和文学创作之间的“神话”持怀疑态度。然而，在清醒之前，斯蒂芬·金每天配着漱口水和止咳糖浆喝一箱啤酒，用棉签塞进鼻子写《绿魔》（*The Tommyknockers*）“以阻止可卡因引起的出血”。在他创作的间隙，他的妻子把他办公室的垃圾桶倒在地板上，里面的东西包括“啤酒罐、烟头、按克装瓶的可卡因、塑料袋装的可卡因、沾满鼻涕和血迹的小勺子、安定、阿普唑仑、几瓶惠菲芬咳嗽糖浆、奈奎尔感冒药和几瓶漱口水”。

图片来源：Pinguino Kolb。

在精神病学家阿诺德·路德维格（Arnold Ludwig）关于精神疾病和创造力的大规模研究《伟大的代价》（*The Price of Greatness*）中，他发现杰出的诗人有87%患有精神障碍，杰出的小说家中患精神障碍的比例为77%，这个数字远远高于商业、科学、政治和军事等非艺术领域的高成就者中的精神障碍比例。甚至那些报名参加诗歌写作研讨会的大学生也比一般的大学生有更多的躁郁症特征。创意作家患单相抑郁症的风险也更高，而且更有可能患有精神疾病，如精神分裂症。因此，杰出的作家更有可能酗酒、吸毒、被收治入精神病院，甚至自杀也不足为奇。

那么，会不会是作家生活中的某些东西引发了精神疾病呢？比如，孤独、沮丧，以及放任想象力长期游荡的习惯。这个可能性虽然存在，但是对有创造力的作家的亲属的研究揭示了受遗传因素影响的可能性。精神疾病患者的家族中往往存在更多的艺术家（特别是在直系亲属中）。而艺术家的家族中则有更多的精神疾病患者，此外，亲属的自杀率、收治率和药物成瘾率也更高。

在马修斯的疯狂幻想中，我们能看到一个病态的心灵试图在胡言乱语中编织出意义，找到为未来、异己的声音以及宏大的个人信念提供结构的故事。我们可能会对马修斯的怪异妄想连连摇头，但我们与他的相似程度比自己意识到的更高。我们的大脑也一直在努力从掠过感官的数据中提取意义，尽管心智健全的人给自己讲述的故事很少像偏执型精神分裂症患者那样谬误百出。这就是我们为拥有故事思维所付出的代价之一。

擅长找借口的左脑

1962 年，一位名叫约瑟夫·博根（Joseph Bogen）的神经外科医生成功说服了一名严重的癫痫患者接受一项危险的实验性手术，正是通过这次手术，讲故事的大脑也在无意中被分离了出来。博根在患者的颅骨顶部钻了一些小孔，在其中一个小孔中伸进一根专用锯子，用它在颅骨上打开了一个“骨瓣”。博根用剪刀剪开了大脑的保护性皮层硬脑膜，然后小心翼翼地撬开患者的两个脑叶，直到胼胝体清晰可见。胼胝体是一条紧绷的纤维带，用于在左右脑之间来回传递信息。博根手持手术刀切断了胼胝体，摧毁了这条通信线路。这样一来，他就分离了患者的左右脑，使两者无法再进行交流。然后，他用小型螺丝钉重新将头骨拼接起来，缝合了患者的头皮，观察后续情况。

其实，博根并不是那种疯狂的科学家。虽然裂脑手术很危险，结果也不确定，但是博根的这位前伞兵患者彼时罹患癫痫，标准化的治疗已经对他无效了，一旦癫痫发作便会危及生命。博根根据已成功的动物研究，认为切断胼胝体可能会控制癫痫发作。博根也了解到，曾有患者在胼胝体受到外伤或肿瘤侵蚀后，癫痫病症获得了一定程度的缓解。

令人有些惊讶的是，博根的实验性手术大获成功。尽管患者仍然偶发癫痫，但发作频率和严重程度都大大降低了。更令人惊讶的是，此手术似乎没有副作用。患者称，在大脑左右分裂后，自己的所有思维过程都没有出现任何变化。

在 fMRI 等先进的大脑成像方法出现之前，裂脑患者是神经科学的福音。正是有赖于这些患者的存在，科学家们才得以分离并研究大脑两个半球的工作。他们发现，左脑专门用于处理说话、思考和作假设等任务，右脑则主要负责识别面孔、集中注意力和进行知觉区分，无法支持说话或一些严肃的认知工作。

引领裂脑神经科学的先驱是迈克尔·加扎尼加（Michael Gazzaniga）①。在研究中，加扎尼加与合作者识别出了左脑中的专门回路，确定这条回路负责对大脑从环境中不断接收的信息流进行理解。这套神经回路的工作是检测信息流中的秩序和意义，并将其组织成一个人的经验的连贯的描述，换句话说，就是拼凑成一个故事。加扎尼加将这种大脑结构命名为“解释者”。

大脑中的古怪线路能将进入右眼的视觉信息输送到左脑，又将进入左眼的信息输送至右脑。在一个完整的大脑中，进入左脑的视觉信息会通过胼胝体被输送到右脑。但在分裂的大脑中，只进入某一只眼睛的信息会滞留在某一侧大脑中，而另一侧大脑浑然不觉。

加扎尼加和同事开展了一系列出色的实验，比如让参与裂脑实验的受试者盯着电脑屏幕中央的一个圆点，然后在圆点的右边和左边分别闪烁图像，这样一来，

① 迈克尔·加扎尼加是当代伟大的思想家，认知神经学之父。他的《意识本能》《人类的本质》《双脑记》《谁说了算？》已由湛庐引进，分别由浙江教育出版社、北京联合出版社、浙江人民出版社出版。——编者注

闪现在圆点左边的图像只被输送到右脑，而闪现在圆点右边的图像只被输送到左脑。

在一次实验中，加扎尼加和他的同事向一个受试者的左脑展示了一只鸡爪，向他的右脑展示了一个雪景。然后他们要求受试者从排在他面前的一系列图片中进行选择。同样，由于大脑接线的奇怪方式，人体的右侧主要由左脑控制，左侧由右脑控制。受试者用右手选择了一张鸡的图片，因为控制这只手的半边大脑看到了鸡爪；用左手选择了一张雪铲的图片，因为控制这只手的半边大脑看到了雪景。

然后他们问受试者为什么选择这两张图片。受试者的前半部分回答完全合理："我选择了鸡，因为你给我看了一张鸡爪的照片。"受试者能够做出正确的反应，因为鸡爪的图像已经被输入到左脑，也就是大脑的语言侧。但大脑的右侧是没有声音的。因此，当受试者被问及"你为什么选择铲子"时，他无法做出正确的回答："因为你给我看了一张雪景的图片"。

这些从右到左的"之"字形通路可能有点难懂，但基本道理其实很简单。受试者大脑中负责与研究人员交流的一侧（左脑）不知道大脑的右侧收到了一幅雪景的图像。负责说话的那一侧大脑只知道左手（由右脑控制）伸出来，选择了一幅雪景图片，但不知道为什么。所以当研究人员问："你为什么选择铲子"时，受试者就提供了一个看似现成而自信的回答——"因为你需要铲子来清理鸡舍"。

加扎尼加和他的同事随后结合各种巧妙的方式，对研究进行了多次改变。他们给一个受试者的右脑提供了一张有趣的图像，受试者笑了，然后研究人员会问："你为什么笑？"受试者负责回答问题的左脑完全不知道个中缘由，但左脑依旧会编出一个解释——受试者可能会说他只是想起了一件有趣的事。在另一项研究中，在向受试者右脑传送了"行走"这个词的图像后，受试者顺从地站起来，开始在房间里走来走去。当研究人员问他要去哪里时，他自己编造了一个故事，说自己口渴了想喝可乐，并对此深信不疑。

这些都是加扎尼加和他的同事们所做的几项代表性裂脑实验，这些实验的结果将大脑的工作模式暴露无遗：左脑是一个典型的万事通，即便它不知道某个问题的答案，它也不愿承认。它是一个绝对的解释者，宁愿编造一个故事，也不愿意留下未解之谜。即使参与裂脑实验的受试者的一半大脑浑然不觉，他们编造的故事也是如此狡猾，除非在实验室条件下，否则很难被发现是假话。

如果加扎尼加的研究仅仅适用于几十个接受过裂脑手术的癫痫患者，那么它的意义是十分有限的。但这项研究对我们理解普通、完整的大脑具有重要意义。并不是在手术刀切断胼胝体后才产生了讲故事的大脑，割裂大脑只是把这部分讲故事的大脑单独进行研究了而已。

每个人的大脑中都有一个小福尔摩斯

你可以把自己讲故事的大脑想象成一个小人，住在你左眼上后方四五厘米的地方，他与夏洛克·福尔摩斯有很多共同之处。福尔摩斯是伟大的文学人物，为上千篇侦探故事奠定了基调，其中包括《犯罪现场调查》（*CSI*）等热门电视节目中的法医奇才故事。阿瑟·柯南·道尔爵士笔下的福尔摩斯是一位犯罪调查的天才，是新犯罪科学的牛顿。福尔摩斯有一种令人毛骨悚然的能力，他能通过一具尸体、一些零星的线索等勾勒出整个丰满的故事，其间可能涉及出轨、毒药、杨百翰和摩门教徒在美国西部的冒险之旅，等等。

以上细节来自 1887 年的第一本福尔摩斯小说《血字的研究》（*A Study in Scarlet*）。小说开头引入了故事的叙述者，即“亲爱的”华生。与其说华生是一个角色，不如说他是一种文学手法，他的任务就是通过自己的循规守矩来凸显福尔摩斯的非凡才华。华生第一次见到福尔摩斯是在一个烟雾弥漫的化学实验室里，当时这位天才正在完善新的鉴定技术。身材修长、温文而稚、给人一种震慑感的福尔摩斯转过身来，与华生握手，说："看得出来，你曾在阿富汗待过。"这是华生第一次被福尔摩斯的天才脑力震惊，类似的事情后来数不胜数。

阿瑟·柯南·道尔爵士的 1906 年版《血字的研究》的插图。

图片来源：*Tales of Sherlock Holmes,* A. Conan Doyle, A. L. Burt, 1906。

华生当场目瞪口呆。福尔摩斯怎么会知道这些呢？后来当两人在公寓转悠时，福尔摩斯解释说，他的洞见源自逻辑而非魔法。他饶有兴趣地告诉华生自己是如何从华生外表的无声细节中"逆向推理"，对华生的生活做出理性推断的。福尔摩斯告诉华生，"推理的过程"是这样的：

> 这位绅士做医学类工作，但有军人的气质，那么显然他是一名军医。他刚从热带地区来，因为他的脸是黑的，但手腕又是白的，因此黑色不是他皮肤的本来色调。他经历了艰苦的训练和疾病的折磨，他憔悴的面容清楚地说明了这一点。他的左臂受过伤，他握着自己手臂的方式僵硬且不自然。一位英国军医能在哪里经历过如此艰辛并导致手臂受伤呢？显然是在阿富汗。

每当福尔摩斯向华生讲述这样的故事时，华生都会惊讶地摇摇头。我们这些读者，也似乎应该像华生一样，为侦探的惊奇而兴奋。虽然福尔摩斯的故事很有趣，但我们也要注意到，福尔摩斯的推理方法其实是很荒谬的。

就拿福尔摩斯在实验室里通过对华生的匆匆一瞥推断出的丰富故事来说吧。华生当时穿着普通的平民服装，没背医疗包，脖子上也没有戴听诊器。那么是什么让他具有“从事医疗工作的绅士”的感觉呢？还有，为什么福尔摩斯如此肯定华生刚刚从阿富汗回来，而不是其他几十个同样位于热带且充满危险的英国在帝国鼎盛时期的驻军地呢？这里让我们姑且忽略阿富汗实际上并不在热带地区的事实。以及，为什么福尔摩斯会突然得出结论说华生在战斗中受过伤？华生僵硬地握着自己的手臂，但福尔摩斯怎么知道这不是打板球造成的？他怎么知道华生左臂阵痛不是心脏病发作的症状？

简而言之，福尔摩斯的惯常做法是从最模糊的线索中编造出最有说服力和最完整的解释性故事。但无一例外地，福尔摩斯的故事都是从对一条线索的一百种不同的解释中选出一种，并武断地坚持认为这种解释是正确的。然后，这就成了众多类似的不可能的解释的基础，所有这些加起来就构成了一个简洁的、巧妙的、几乎没有破绽的解释性故事。

福尔摩斯是一个文学虚构人物，他生活在梦幻岛，所以他总是对的。但如果他试图在现实世界中从事“侦探咨询”的工作，就会成为一个危险且无能的蠢货。

相比于那个跟朋友华生一起住在贝克街 221 号的天才，他会更像《粉红豹》（*The Pink Panther*）中的克鲁索探长（Inspector Clouseau）。

我们每个人的大脑中都有一个小福尔摩斯，他的工作是从我们现在所能观察到的情况中进行“逆向推理”，说明是哪些原因有序地导致了特定的结果。自然进化给我们植入了一个“内心的福尔摩斯”，因为这个世界确实充满了故事（阴谋、阳谋、联盟、因果关系），而揭示这些故事是有价值的。故事思维是一种重要的进化适应，它使我们能够体验到生活是连贯的、有序且有意义的，不再是一种爆炸式的、嗡嗡作响的无序状况。

但讲故事的大脑是不完美的。经过近 50 年对居住在左脑中的讲故事的小人的研究，加扎尼加得出结论，这个小人尽管优点众多，但也可能一直出错。故事思维对不确定性、随机性和巧合都很敏感，它对“意义”有执念。如果讲故事的大脑无法在世界中找到有意义的模式，就会试图强加意义。简而言之，讲故事的大脑是一间工厂，如果可以产生真实的故事，它会制造出真实的故事；但如果不能，它也十分乐意制造谎言。

竭求意义，
所以喜欢故事

人类的思维倾向于检测模式，偏向于误报而非漏报[①]，我们脑中的内置程序也让我们对人脸和图形异常敏感，我们能把云朵看成动物的轮廓，在烤糊的锅底上看出耶稣的剪影。根据心理学家的说法，这是一种“思维设计”，能帮助我们在环境中感知有意义的模式。

---

① 误报（false positive），即真实结果是无但我们判断为有；漏报（false negative）则反之。——编者注

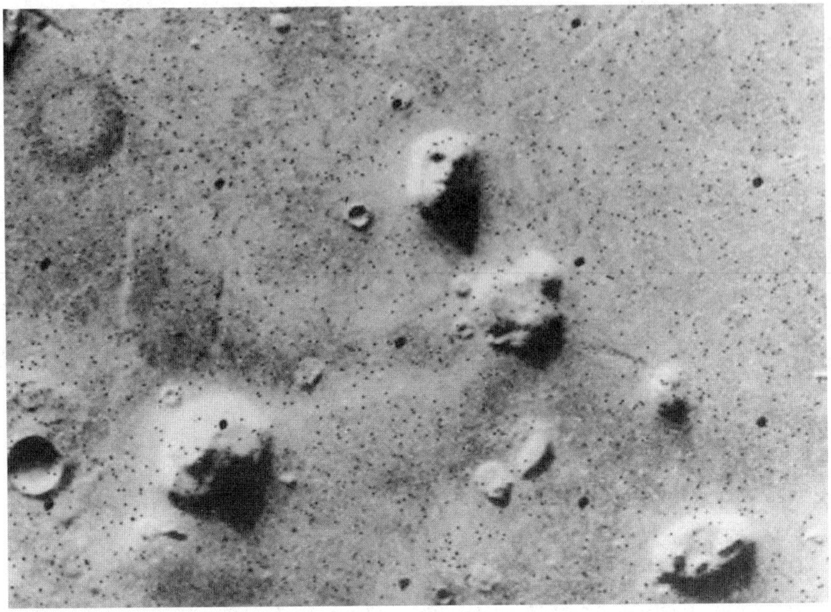

1976 年维京 1 号拍摄的火星上的“脸”的图像。虽然有些人认为这张脸是火星文明的证据，但更高清晰度的图像显示，这张“脸”只是一座普通的火星山。

图片来源：Courtesy NASA/JPL-Caltech。

人类将对有意义的模式的渴求转化为对故事的渴求。正如电子游戏设计师兼作家詹姆斯·沃利斯（James Wallis）所说：“人类喜欢故事。我们的大脑不仅天生喜欢叙事并从中学习，还喜欢创造故事。就像大脑看到抽象的图案就将其拼凑成一张脸一样，你的想象力会让你首先看到一个事件的模式，然后把它拼凑成一个故事。”很多研究都佐证了沃利斯的观点，展示了人类如何从收到的信息中自动提取故事。即便没有故事存在，人类也非常乐意发明一个故事。请看下面的信息：

托德急着去商店买花。
格雷格遛了她的狗。
莎莉在床上躺了一整天。

请快速回答：你在想什么？不出意外的话，你会和大多数人一样在琢磨这三个句子，试图找到隐藏在其中的故事。也许莎莉很伤心，因为有人去世了。也许格雷格和托德是她的朋友：一个在照看她的狗，另一个在给她买花。也可能莎莉很高兴，她刚刚中了彩票，为了庆祝，她决定在床上奢侈地躺上一整天。格雷格和托德是她雇来的内衣模特，分别做她的按摩师和私人助理。

事实上，这些句子之间毫不相干，全是我编造出来的。但是如果你具有完备的故事思维，你就会自动地开始把它们编织成一个故事的开端。当然，我们清楚地知道这些句子可以作为无数个叙事的组成部分。但研究表明，如果人们接收到的信息都是随机且缺乏规律的，他们很难不将信息编织成一个故事。

心理学家弗里茨·海德（Fritz Heider）和玛丽安·西梅尔（Marianne Simmel）设计的实验很好地说明了这一点。20 世纪 40 年代中期，研究人员制作了一部动画短片。这部影片非常简单，展示了一个静止的大正方形，只有一个侧边可以开合，还有一个大三角形、一个小三角形和一个小圆形。影片开始时，大三角形在大正方形内，小三角形和小圆形随后出现。随着大正方形的开合，其他几何图形也在屏幕上四处滑动。约 90 秒后，小三角形和小圆形会消失。

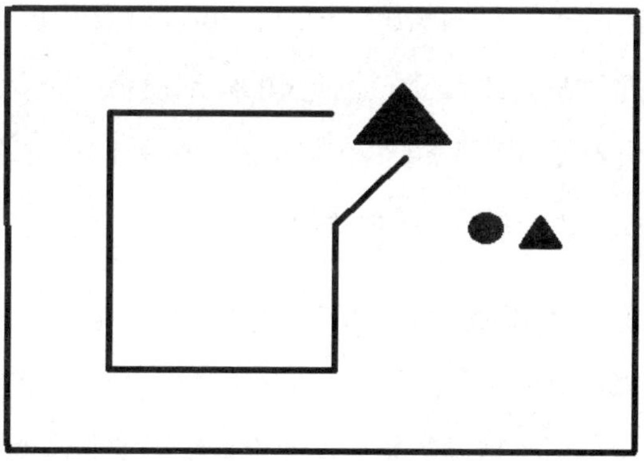

我们可以在 YouTube 上观看根据海德和西梅尔的实验重新制作的影片（1944 年），此为视频截图。此后，其他研究人员多次重复了海德和西梅尔的发现。

图片来源：Jonathan Gottschall。

当我第一次看这部影片时，我看到的不是一部展示几何图形四处移动的粗糙动画，而是一个奇怪但充满力量的几何寓言。小三角形是英雄，大三角形是反派，而小圆形则是女主角。小三角形和小圆形一起进入屏幕，就像一对情侣，大三角形从他的房子（正方形）里冲出来，猛地把小家伙（小三角形）撞开，把抗议的女主角（小圆形）赶回他的房子里。然后，大三角形来回追赶小圆形，试图将她逼入绝境。最后，大正方形上的门打开了，小圆形逃到外面与小三角在一起。这对情侣（小三角形和小圆形）在大三角形的紧追不舍下四处乱窜。最后，这对幸运的情侣逃脱了，大三角形大发脾气，把他的房子砸得粉碎。

当然，这是个愚蠢的解释。像福尔摩斯一样，我自信地根据模棱两可的线索编制出了一个丰满的故事。但并不是我一个人会这样做。在给研究对象播放完这部影片后，海德和西梅尔也向他们布置了一个简单的任务：描述一下你看到了什么？令人惊讶的是，在 114 名受试者中，只有 3 人给出了真正合理的答案。他们重新描述了几何图形在屏幕上移动，简简单单，不加推测。但海德和西梅尔的其他受试者和我一样，他们看到的不是无生命的图形的移动，而是一场肥皂剧，看到了摔门离去、求偶的舞蹈和侵犯者的挫败。

同样，在 20 世纪初，电影制作人列夫・库里肖夫（Lev Kuleshov）拍了一部没有叙事的电影，镜头展现了一碗汤、一个可爱的年轻女孩和一具棺材里的尸体。在这些图像之间，库里肖夫加入了一个演员的脸部镜头。观众注意到，当镜头切换到汤的时候，演员表现出饥饿的情绪；当切换到女孩时，他的脸上出现了情感；当棺材和尸体出现时，演员看起来又很悲伤。

事实上，演员根本就没做表情。库里肖夫在每一个镜头之后都插入了完全相同的演员无精打采地盯着镜头的片段。演员的脸上既没有饥饿感，也无所谓悲伤或怜爱，观众只是投射了自己的想法。库里肖夫的实验表明，叙事的缺席对人类来说是非常难以接受的，并且人类也热衷于根据毫无意义的蒙太奇拼凑故事结构。

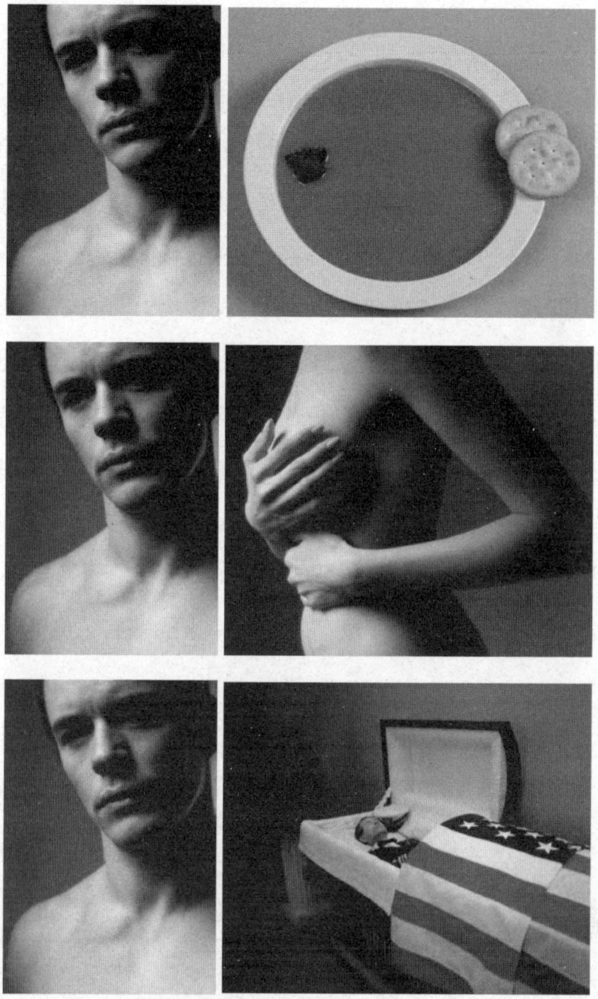

复刻的库里肖夫实验。库里肖夫的原始影像已经丢失，但在 YouTube 上可以看到许多复刻他实验的视频。

图片来源：Corbis, Corbis, Corbis, Photodisc/Getty Images。

不动声色的说谎家

200 多年前，马修斯发明了一个精心设计的虚构世界，并固执地在其中生活。他的故事是一个病态的案例，他混淆了真实生活，创造出疯狂荒诞的虚构故事，但这个人却对此“坚信不疑”。

病态混淆者总会以惊人的毅力坚持自己的故事。一位脑部受损的父亲坚持说自己仍然是个年轻人，但同时也能正确说出自己几位中年子女的年龄。患有科萨科夫综合征的健忘症患者总是忘记自己是谁，并不断为自己编织新的身份。正如奥利弗·萨克斯（Oliver Sacks）所说，科萨科夫综合征患者是“头脑混乱的天才”，他“必须每时每刻创造自己（和自己身处的世界）”。科塔尔综合征患者会认为自己依然健康，实际上却像死去一般，对此患者们的解释十分有趣。如果你要求一个失去一条胳膊或腿的人移动一下自己失去的那部分肢体，他可能会坚决拒绝，还会编造一个不这样做的理由，可能是关节炎，或是要遵医嘱。还有那部摄于1975年电影《巨蟒与圣杯》（*Monty Python and the Holy Grail*）中的黑骑士。在他被亚瑟王砍掉两只手臂后，这位头脑混乱的骑士坚称：“这只是一点皮肉伤罢了。”亚瑟王告诉他：“你已经没有手臂了！”当动脉血从骑士的残肢喷涌而出，他还回答道：“我有的，我有！”

图片来源：Python (Monty) Pictures。

这些受损或患病的大脑创造胡言乱语的例子不仅本身有趣，而且这些实例阐明了健康大脑的功能。心理学家发现，即便是心理健康的普通人，日常也很容易胡言乱语。我们只是胡说得太有技巧了，所以很难被当场戳穿。而我们讲故事的那部分大脑究竟多么频繁地胡闹，则需要设计巧妙的实验来揭示。

诺曼·迈尔（Norman Maier）曾在 1931 年发表了一项研究，是此类研究的早期成果之一。迈尔让每个研究对象单独进入一个空荡荡的房间，房间里只有两根吊在天花板上的绳子和地上的拉力绳、钳子等物品。迈尔要求受试者将两根绳子绑在一起，但这两根绳子相距太远，无法同时抓住，许多受试者被难住了。实验过程中，心理学家会进入房间查看受试者的进展情况。处于这种情况下的受试者就会突然想到解决办法：把钳子绑在其中一根绳子上作为配重，让绳子摆动起来，然后再伺机抓住绳头并把两根绳子绑起来。

心理学家随后问受试者如何想到用钳子解决问题，受试者讲出了很多好故事。一位本身是心理学教授的受试者回答说："我想到了荡着绳子过河的情况，脑子里出现了猴子在树丛中摆荡的画面。这个画面几乎与解决方案同时出现，看起来很合理。"受试者没有提到的是，实际上让他想到这个解决方案的是研究人员进入房间时"有意无意地"碰了其中一根绳子并使其摆动。但很少有受试者有意识地提及这一事件。

在最近的一项研究中，心理学家要求一组购物者从 7 双价格相同的袜子中进行选择。在购物者检查完袜子并做出选择后，研究人员要求他们给出选择的理由。通常，购物者会根据颜色、质地和缝制质量的细微差别来解释自己的选择。但其实 7 双袜子是完全相同的。实际上，购物者的偏好存在一个没有人能够察觉到的模式：他们倾向于选择放在右侧的袜子。购物者并没有回答说自己不知道为什么要选择这样的袜子，反而都在讲故事，以显示自己的决定是理性的。但事实并非如此，这些故事全部是胡编乱造的，可以说都是诚实讲述的谎言。

看透阴谋，便能应对邪恶

这些例子可能看起来都无伤大雅。我们整天给自己讲的那些故事是否有事实依据，这真的很重要吗？为什么配偶在我们进入房间时合上了笔记本电脑？为什么同事脸上有愧疚的表情？是真是假重要吗？谁在乎我们是否编造了买袜子的理由呢？但是，我们在不存在故事的地方强加故事的倾向存在着黑暗的一面，而这点似乎只能通过阴谋论来解释了。

有一部分人真的相信这些充满狂热创意的虚构故事是真实的，这便是阴谋论。阴谋论者将真实的数据和想象的数据联系起来，形成一个连贯的、让人在情感上能够接受的现实版本。阴谋论对人类的想象力，甚至是对个人的想象力，产生了强大的控制力，很大程度上是因为这些阴谋论在结构上与虚构故事有相似之处。阴谋论之所以让我们着迷，是因为它们是激动人心的好故事，展示了经典的问题结构，并对好人和恶人进行了鲜明划分。它们提供了生动、诡异的情节，可以轻松地转化为广受喜爱的娱乐内容。想想丹·布朗的《达·芬奇密码》和詹姆斯·艾罗伊（James Ellroy）的《黑夜传说》（*Underworld USA*）三部曲等小说,《刺杀肯尼迪》（*JFK*）和《满洲候选人》（*The Manchurian Candidate*）等电影，以及《24 小时》（*24*）和《X 档案》（*The X-Files*）等电视剧，无一不是这样。

亚历克斯·琼斯（Alex Jones）名气响亮，愤世嫉俗且充满个人魅力。通过兜售邪恶的阴谋故事，建立了一个小型商业帝国。这位身材略胖的奔四男人，在纪录片《残局：全球化奴役的蓝图》（*Endgame: Blueprint for Global Enslavement*）中，以大量的暗示和匮乏的实际证据，表明一小撮“全球精英”正在执行一项卑鄙的计划，意图接管地球并奴役其居民。部分路标已经被特别标记，以便入侵的联合国部队能够在美国的中心地带行驶无虞。信箱也被标记了一些不显眼的记号：如果你发现自己的邮箱上有一个蓝点，那大可松一口气，它说明你只会被送到联邦紧急事务管理局的集中营。如果你发现邮箱上出现了红点，那就自求多福吧，这意味着外国侵略者将当场处决你。根据琼斯的说法，此次事件的策划者是魔鬼路西法的崇拜者，他们会将世界人口减少 80%，然后利用先进的遗传医学，让自己像神一样永生。

亚历克斯·琼斯在纽约市领导“9·11”真相集会。

图片来源：Roman Suzuki。

独立电影频道（IFC）的纪录片制作人最近跟随琼斯在全美各地宣传反对新世界秩序，调查肯尼迪遇刺事件，并在“9·11”真相集会上大肆渲染。不论是在 IFC 的纪录片中，还是在每天吸引 100 万听众的令人不安的热门广播节目中，琼斯都表现得像一个自大的偏执狂。无论他走到哪里，他都确信有人跟踪他。在高速公路上开车时，他和同事们不断地转头回看，警惕有人跟梢。当一辆普通的轿车经过他们身边时，琼斯还拍下汽车的照片，说：“哦，没错，那是军事情报处。”琼斯站在白宫外，硬称一个赤裸上身骑着山地自行车的人是监视他的特勤局卧底特工。在他接受电台直播节目的采访时，他下榻的酒店里响起了警报声，他唾沫横飞、甩动手臂，激动地吼道："他们陷害了我们！"

我们不得不问，亚历克斯·琼斯这种偏执狂的胡言乱语与詹姆斯·蒂利·马修斯的胡言乱语有区别吗？如果有的话，是什么区别呢？或者他与那位深具影响力的阴谋论者大卫·艾克（David Icke）有什么区别呢？大卫·艾克认为世界是由伪装成人类的外星蜥蜴人统治的，似乎并不是闹着玩的。看来，精神病患者的妄想和阴谋论者的幻想之间只存在程度上的区别，而没有类别的区分。精神健康的人的幻想是阴谋论，而马修斯的妄想性精神病则是一个崩坏的版本。在阴谋论者的身上，我们可以看到人类讲故事的大脑总是想到事情最阴暗的一面。

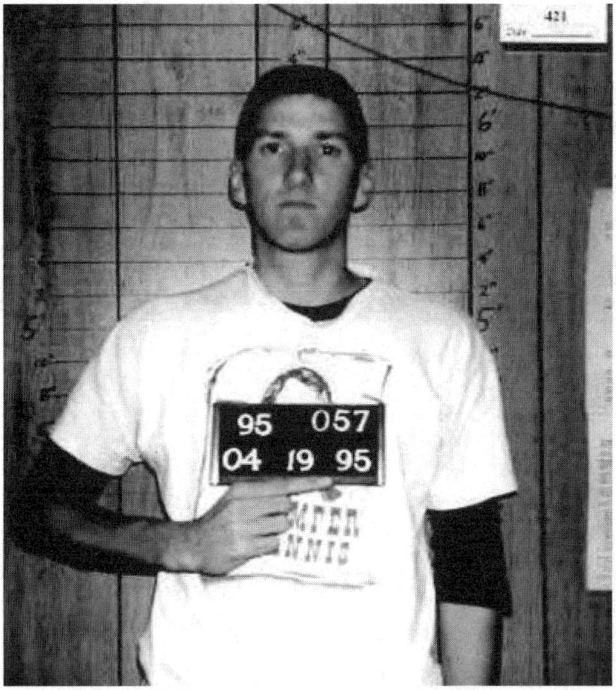

许多阴谋论的故事如果不产生严重后果的话，可能会很有趣，而有些故事是非常离奇的。例如，在非洲，有许多人相信艾滋病是一个种族主义的骗局，目的是吓唬黑人，让他们禁欲和使用避孕套，进而实施不流血的种族灭绝。许多非洲人就是因为相信这一点而死去。图中的蒂莫西·麦克维（Timothy McVeigh）被称为一个活生生的"反政府阴谋论的典型人物"，他炸毁了俄克拉何马城的联邦大楼，只因为他赞同民兵运动的一个主要信念：美国政府已经被卖给了"新世界秩序"组织。

阴谋论真正让人侧目之处不在于其怪异性，而在于其平凡性。不妨在谷歌上输入“阴谋论”，然后浏览一下 3700 万次点击结果中的内容。你会发现，几乎所有的事情都存在阴谋论的解读。那些英年早逝的重要娱乐或政治人物周围，都不可避免地围绕着某种阴谋论。如玛丽莲·梦露、猫王、美国饶舌歌手比吉和图派克、罗伯特·肯尼迪、约翰·肯尼迪和马丁·路德·金均是被同一个境外势力杀害的；卡特里娜飓风是由政府特工炸毁堤坝淹没黑人社区引起的；氯化饮用水是一种精神控制手段；保罗·麦卡特尼早已去世；约翰·列侬是被斯蒂芬·金枪杀的；登月事件没有发生……不一而足。

事实上，有很多人真的相信这些故事。例如，2006 年 7 月，斯克利普斯·霍华德公司的民意调查显示，36% 的美国人认为美国政府在“9·11”袭击中是同谋，大多数民主党人和年龄在 18 岁至 30 岁之间的年轻人认为，政府人员要么积极参与了袭击，要么对袭击早有预知，但没有采取任何措施来阻止，类似珍珠港事件的阴谋论。

人们很容易把这种阴谋的流行归咎于普遍的落后或无知，但这是错误的。正如戴维·阿罗诺维奇（David Aaronovitch）在他的《巫毒教史实》（*Voodoo Histories*）一书中解释的那样：

> 阴谋论起源于受过教育的中产阶级，也主要在这个阶级中间流传。想象中的那些被牧师控制的无知的农民或无产阶级，用牵强的社会运作思维取代了宗教和迷信的模式，被证明是完全错误的。相反，通常是教授、大学生、管理阶层、记者和公务员在编造和传播这些阴谋论调。

阴谋论不是目光呆滞的癫狂的边缘人的专利。阴谋论思维并不限于愚蠢、无知或疯狂的人，它反映了故事思维对有意义经验的强烈需求。为什么世界上的事情会如此糟糕？阴谋论正是对人类状况的这一巨大谜团的终极答案。阴谋论提供的无非是解决邪恶问题的方法。在阴谋论者的想象世界中，没有偶然的坏事。在阴谋论者的头脑中，坏事从来都不会随便发生。历史不是一个接一个的该死的事件，只有傻瓜和盲从的人才相信巧合的存在。出于这个原因，无论阴谋论者在故事中加入了多少恶魔，他们总是在这样的简单逻辑中得到安慰。坏事的发生不是因为抽象的历史和社会变量的错综复杂的漩涡，只是因为坏人直勾勾地盯上了我们幸福的生活。而你，只要看得透其中隐藏的故事，便可以与坏人斗争，甚至可能打败他们。

06

故事塑造文化，将社会成员凝聚在一起

THE STORYTELLING ANIMAL

在艺术家眼中，生与死就如正常与癫狂。

——约翰·加德纳

《论道德小说》（*On Moral Fiction*）

宗教是故事主宰
人类思想的终极表现

翻开犹太教、基督教和伊斯兰教这三大宗教的经典书籍，你就仿佛翻开了一本本故事集，其中讲述的故事涉及人性的堕落、大洪水、索多玛和蛾摩拉、亚伯拉罕和以撒、耶稣的受难和复活，还有大天使加百列向穆罕默德传达真主阿拉的启示。剔除那些有关圣人出生的故事、一连串告诉你“应该”和“不应该”做的事（一位作家认为《圣经》中的戒律不是10条，而是大约700条），以及对动物献祭仪式和方舟建造方法的说明，剩下的叙述便全是针对人类生活中意义最为重大的事件。

当然，不止一神教以故事为根基，纵观整个世界历史，几乎所有的宗教，无论大小均建立在故事之上。传统民间传说里的大部分故事，其类型也是解释事物缘由的神话。在传统社会中，关于精神世界的真理不是通过教条或散文来传达的，而主要通过故事传递。在多年以后，心理学界才确认了那个祭司和萨满都知道的理论：如果你想让信息深入人的头脑中，就把它编入故事之中。

纵观我们人类的历史，神灵的故事一直主导着人类的生存，没有任何其他事物能跟它相提并论。宗教是故事主宰人类思想的终极表现。至于虚构和真实之间的鸿沟，宗教故事的主人公并不在意。神话在现实世界中横行霸道，发挥着巨大的影响力。而信徒们则根据神圣故事的内容规范自己的生活实践，这些故事指导他们如何吃饭，如何洗漱，如何穿衣，何时原谅，何时以神的名义发动圣战。

为什么？

宗教在人类社会中普遍存在，在人类学家观察到以及考古学家挖掘出来的所有人类社会中，宗教都以某种方式存在着。即便是现在这个大脑和基因科学盛行的时代，上帝也没有死去。不仅没有死去，甚至都很难说是“生过病”。尼采一定会对这一点感到失望。世界上大多数人并不会抬头仰望天空，发现天上一如诗人哈特·克兰（Hart Crane）所言那样“了无神迹”。皈依三大宗教的人总是比背弃的人要多。虽然在过去的一个世纪里，欧洲变得更加世俗化，但世界上其他大部分地区（包括美国）正在变得更加宗教化。

既然宗教不可能在数千种不同文化中独立发展，那么当我们的祖先开始走出非洲的时候，智人一定已经是具有灵性思维的类人猿了。所有宗教都有一些相同的基本特征，包括对超自然生命、对超验灵魂、对以仪式和祈祷的形式出现的魔法的功效的信仰，精神信仰的根源一定深深扎根于人类本性之中。

但人类社会中为什么会衍生出宗教呢？对想象中存在的教条的信仰为何没有削弱我们的生存和繁衍能力呢？鉴于宗教祭祀、仪式、禁令、禁忌和戒律的高昂代价，一向崇尚简单的自然选择机制怎么可能不与宗教相抵触呢？毕竟，你为祭祀宙斯而焚杀一只山羊，就意味着你的家里少了一只山羊。因为一个古老的故事就去环切自己儿子的包皮，也不是没有风险。在发现疾病与细菌有关之前，即不存在抗生素和外科手术刀的时代，割礼是非常危险的，而且意外经常发生。此外，虽然一部分《圣经》禁令很容易遵守，但还有更多难以遵守的规定，不遵守者随时可能受到石刑的惩罚，砸的对象不光有通奸者、巫师、破坏安息日者、乱伦者、亵渎者、不听话的孩子、拜偶像者，甚至还有不听话的牛。

宗教要么是进化适应环境，要么是进化的副作用，也有可能是两者的某种结合。对宗教传统的世俗解释是，人类发明了神来赋予生存以秩序和意义。人类生来就有好奇心，他们必须为那些无法回答的重大问题提供答案。为什么我会在这里？谁创造了我？晚上太阳会去哪里？为什么生孩子会痛？在我死后，“我”会发生什么？这里的“我”不是指那具腐朽的尸体，而是那个在我的头骨里喋喋不休的存在。

这实质上是对宗教的副产品的解释，也是目前大多数进化论思想家所推崇的。之所以存在宗教，是因为从本质上讲，我们厌恶无法解释的真空地带。在宗教故事中，我们发现了讲故事的思维方式的混乱之处。

一些进化论思想家，如丹尼尔·丹尼特（Daniel Dennett）[①]和理查德·道金斯（Richard Dawkins）等领军人物，都仅仅把目光锁定在宗教行为的黑暗面上。他们认为，宗教是一个悲惨的进化故障的结果。

对于这个说法我不敢苟同。我认为宗教信仰的副产品理论的确陈述了大部分事实：人类召唤出神、灵和精灵来填补解释的空白。但这并不是要否认神、灵或精灵存在的可能性，而是要否认某一种文化中的超自然故事优于另一种文化。但这是否意味着从进化的角度来看宗教毫无用处，或只会让生活更糟糕呢？现在越来越多的进化论者认为不是这样的。

生物学家大卫·斯隆·威尔逊（David Sloan Wilson）在其开创性著作《达尔文的大教堂》（*Darwin's Cathedral*）中提出，宗教是所有人类社会的一个稳定组成部分[②]，原因很简单，因为它使人类社会运作得更好。碰巧有着信仰本能的人类族群淘汰了无宗教信仰的族群，这就使得人类种群中的宗教倾向根深蒂固。

---

① 丹尼尔·丹尼特是享誉世界的哲学界泰斗，他的《直觉泵和其他思想工具》《丹尼尔·丹尼特讲心智》已由湛庐引进，分别由浙江教育出版社、天津科学技术出版社出版。——编者注

② 威尔逊的观点是基于群体选择的概念。近 50 年来，自然选择可以在群体层面发挥作用的观点，一直是进化生物学中最具争议的观念之一。——原书注

威尔逊认为，宗教为群体提供了多种好处。首先，正是它定义了特定的群体。正如社会学家埃米尔·杜克海姆（Émile Durkheim）所写的那样："宗教是一个统一的信仰和实践体系……它将所有信奉者统一在一个名为教会的道德共同体中。"其次，宗教协调群体内的行为，制定规则和规范，进行惩罚和奖励。再次，宗教提供了一个强有力的激励机制，促进群体合作，抑制自私自利的行为。科学作家尼古拉斯·韦德（Nicholas Wade）简明扼要地总结了威尔逊思想的核心：宗教的进化功能是"把人们捆绑在一起，让他们把群体的利益放在自己的利益之上"。

无神论者常常对聪明的信徒接受明显非理性的信仰感到沮丧。从无神论者的角度来看，地球上的信徒就像数十亿个愚蠢的堂吉诃德在和风车较量。但这是因为，他们像堂吉诃德一样忽视了一点，宗教与那些热门故事书的原理是完全一样的。

但威尔逊指出，"宗教中那些看似非理性和不正常的元素，如果按照进化论中唯一合适的黄金标准，即它们对人们行为的影响来判断，往往是非常合理的"。这些因素通常导致人们的行为表现得更加接近群体成员（同一宗教的信仰者），同时大力维护群体的利益以反对竞争对手。德国进化论学者古斯塔夫·雅格（Gustav Jager）在 1869 年同样认为，宗教可以被视为"（达尔文主义）生存斗争中的武器"。

正如雅格所言，我们不应该认为以上内容是在暗示从整体来看，宗教是件好事。宗教有好的一面，比如它的道德教义将人们联结成更和谐的集体。但是，宗教也有一个明显的黑暗面：它非常容易被用作武器。宗教能将相同信仰者吸引到一起，也能将不同信仰的人赶走。

神圣的历史
将我们团结在一起

超自然神话并不是唯一在社会中发挥团结作用的故事，民族神话也可以起到同样的作用。最近，我问上一年级的女儿艾比在学校学到了关于哥伦布的什么知识。艾比的记忆力很好，她记得很多内容，记得三艘船的名字，记得 1492 年哥伦布在蓝色的海洋航行时发现美洲的事实，以及哥伦布证明了地球是圆的而不是平的。这和 30 年前我在小学学到的内容一样，也与我父母在早年间学到的内容相同。

迪奥斯科罗·普埃布拉（Dióscoro Puebla，1831—1901）描绘的哥伦布抵达新大陆的情景。

图片来源：Library of Congress。

但艾比学到的内容大多是虚构故事而非史实，这个故事的大多数细节是完全错误的，而其他地方也存在一定误导性。从小的方面来说，在 1492 年，大多数受过教育的人都和哥伦布一样，相信地球是圆的。而从大的方面来讲，艾比并不知道哥伦布是首先在西印度群岛登陆的，他曾在登陆后对当地的阿拉瓦克印第安人进行了这样的描述："他们会成为很好的奴隶……只要50个人，我们就可以把他们全部征服，让他们唯命是从。"哥伦布和他的追随者们的确这样做了，他们杀红了眼，以真正的贪婪和残暴的创造力杀害并奴役阿拉瓦克人。就这样，阿拉瓦克人在大约60年的时间里被灭族。艾比也同样不知道，这只是北美大陆印第安人数百年被剥削历史中的第一阶段。

霍华德·津恩（Howard Zinn）和詹姆斯·卢文（James Loewen）等修正主义历史学家认为，美国历史文本已经被彻底洗白，不能算得上是历史了。这代表着有意的遗忘，从国家记忆库中抹去可耻的内容，让历史能够作为一个统一的爱国神话发挥作用。关于哥伦布、斯匡托（Squanto）和第一个感恩节、乔治·华盛顿不会撒谎等故事，都是国家创造的神话。这些故事的中心人物并没有被描述成有血有肉、有优点与缺点的人，而是焕新重塑为英雄故事中的主角。这些神话的目的不是要对已发生的事情提供客观的描述，而是讲述能将社群成员联系在一起的故事。所谓取可用之处，为自己所用。

许多评论家认为修正主义者不是打破神话的人，而是反神话的创造者。在反神话中，西方社会被破坏，而本土社会被荒谬地浪漫化。他们指出，世界各地的社会，包括新世界和被西方人消灭的非洲社会在内，都经历过长期的战争和征服。对他们来说，西方侵略者和被侵略者之间的最大区别是技术。例如，如果贪婪的阿兹特克帝国早一点发明出航行到欧洲的工具，他们很可能就会前去进行洗劫和掠夺。整个历史中的人类都可谓卑鄙不堪，在过去的五百多年里，西方人只是比其他地方的人更擅长利用卑鄙手段而已。

但我们的学校没有教授这种中立的甚至是负面的人类历史观。在我们大部分的历史中，我们学习到的都是神话。这些神话告诉我们，我们不但是好人，而且是有史以来最聪明、最勇敢、最好的人。

幻想世界里，道德也不缺席

以下这段恋情超越了年龄。汤姆只有22岁，高高瘦瘦，不管是面容还是身材都像个大男孩。莎拉身材丰满，很喜欢笑，看起来比实际年龄45岁要年轻得多。如果不是因为她的黑发中夹杂着丝丝缕缕的银色，她可能会被认为是汤姆的姐姐。汤姆大学毕业的时候，莎拉决定奖励他，带他去巴黎。她笑着说："让我包养你吧！"

他们在巴黎待了十天，饱览埃菲尔铁塔、卢浮宫的奇观和宏伟的巴黎圣母院。在最后一天的前一晚，他们在拉丁区一家令人迷醉的小酒馆吃晚餐，喝红酒。汤姆和莎拉注意到其他客人投来的目光。是的，人们总是盯着他们看，当他们手拉手在巴黎的林荫道上漫步时，总能感觉到陌生人投来评判的目光，还能听到人们在背后嘀咕。他们知道人们在想什么：这是不对的，她的年纪大到可以做他的妈妈了。

图片来源：Corbis。

或许巴黎人根本就没有这样的想法，或许巴黎人盯着看只是因为他们是一对亮眼的情侣，而且显然非常相爱。或许汤姆和莎拉过于偏执，但即便是这样，他们的想法也合情合理，这对恋人为他们的幸福付出了沉重的代价。莎拉的母亲在得知这段恋情后，发誓在莎拉接受治疗前不会和她说话。莎拉的同事们在办公室的休息间里低声议论她。而汤姆则因这段不伦之恋与父亲发生了激烈的争吵。在他把莎拉的事告诉他的哥们儿后，他们紧张地笑了，觉得这是个糟糕的笑话。后来莎拉开始在汤姆的房间里过夜时，兄弟们召开了一次紧急会议，想将汤姆赶出宿舍。

其实，这对恋人享受被人评判的过程，因为这段恋情的乐趣一半便来源于此。他们喜欢把自己看作敢于藐视传统的反叛者。他们坐在小酒馆里喝着酒，再次向对方提问他们最喜欢的经过修饰的问题：他们伤害谁了吗？为什么人们这么爱管闲事和充满妒忌？为什么他们的道德观如此狭隘和胆怯？

他们沿着塞纳河走回酒店，一边喝酒，一边准备大闹一场。进入房间后，汤姆把“请勿打扰”的牌子挂在门把手上。然后两人在房间的地上蹦跳，翻滚，疯狂地做爱。

之后，汤姆倒在了莎拉身上。她把他气喘吁吁的头搂在胸前，抚摸着他卷曲的头发，在他耳边甜蜜地低语。当汤姆呼吸平复时，他滚到自己的枕头上说：“那我们明天去看什么呢，妈妈？”

莎拉把头靠在他的肩膀上，俏皮地拨弄着他胸前稀疏的毛发，咯咯地笑着挠他痒痒。“也许我们明天就躺在床上吧！”汤姆把双臂紧贴在身侧，锁紧了她的手指。他也对着她咯咯地笑，说：“妈——妈！不要嘛！”

首先，我很抱歉讲了这么一个故事。如果你说我的品位有问题，我也完全同意。其次，我有我的理由，现在让我细细讲来。

像大多数人一样，你可能会忍不住在脑海中想象这个虚构的巴黎恋情。如果你去过巴黎，这座著名城市的景象就会涌入你的脑海。如果你没有去过这个城市，那么电影、绘画和明信片上的景色仍然能充斥你的脑海，还有恋人们在迷人的餐厅里享受美食的常见画面。而当故事转向两个充满魅力的人快乐地做爱时，你对故事感兴趣的程度可能会有所提高。你可能会想象汤姆和莎拉不穿衣服的样子以及他们的动作。毕竟，这样的时刻或对它的期望不仅是浪漫小说的主要内容，更可能是所有类型故事的主要内容。

但当你得知这对恋人是母子时，你会做何反应？你的思想是否会发生变化？你是否发现自己试图将这些图像从你的大脑中驱逐出去？就像一个孩子吃下一块蛋糕，在知道蛋糕是由他讨厌的胡萝卜做成的以后，不管多美味都会吐出来。

我编造的这个令人厌恶的小故事是受心理学家乔纳森·海特（Jonathan Haidt）[①]的启发，他会将人们暴露在诸如此类的令人不适的虚构场景中，以此研究道德逻辑。如果这个故事中的男人和女人没有血缘关系，你可能会乐于想象他们的做爱场景。但一旦你知道了真相，幻想就会变味。即使故事清楚地表明这两个自愿的成年人享受着情感和身体上的满足感，但大多数人也不认为这种关系在道德上是可以接受的，甚至不愿往这方面去想。

这是很惊人的，因为人们通常会愿意在故事中想象几乎任何东西：狼可以摧毁房屋；一个人可以在睡梦中变成一只可恶的甲虫（弗兰茨·卡夫卡的《变形记》）；驴子会飞、说话和唱 R & B 歌曲［《史莱克》（*Shrek*）］。“一个死而复生的无父无母的神人（耶稣）有超能力给予乌托邦式的永生”；白鲸可能真的是邪恶的化身；时间旅行者可以回到过去，杀死一只蝴蝶，使未来成为废墟［雷·布莱德伯里的《雷声》（*A Sound of Thunder*）］。

我应该说，人们“几乎”愿意想象任何事情，但不适用于道德领域。早在哲

① 乔纳森·海特，著名心理学家。他的《象与骑象人》《正义之心》已由湛庐引进，由浙江人民出版社出版。——编者注

学家大卫·休谟的时代，聪明的思想家就注意到了一种“想象力抵抗”的倾向：如果有人试图告诉我们，坏就是好，好就是坏，我们不会听从。

陀思妥耶夫斯基不是这样写《罪与罚》的：拉斯柯尔尼科夫杀死当铺老板和她的妹妹，仅仅是为了取乐；他毫无悔意；他向家人和朋友夸耀此事，他们都笑得前仰后合；拉斯柯尔尼科夫是个好人；他从此过上了幸福的生活。

或者想象一个以罗马皇帝赫利奥加巴卢斯（Heliogabalus）为背景的故事，据说他在宫殿前的草坪上屠杀奴隶，不论是男人、女人，还是孩子，原因仅仅是他觉得草地上鲜血的微光令人愉悦。这个故事颂扬了赫利奥加巴卢斯作为一个艺术先驱，在面对分明的道德规范时对美的无畏追求。

就像我们不愿意想象母子成为恋人的场景一样，我们大多数人也不愿意想象一个在道德上可以接受屠杀奴隶、婴儿或典当商的行为的宇宙。讲故事的人都知道这一点。的确，他们会用令人窒息的堕落、淫荡和残忍把我们淹没。然而，当小说中的坏人实施折磨、杀戮和强奸行为时，我们却非常乐于窥视。但讲故事的人从不要求我们赞同。将道德上令人厌恶的行为作为小说主题是很明智的做法，但讲故事的人也必须对其进行谴责。陀思妥耶夫斯基明确指出，拉斯柯尔尼科夫杀死那些女人是非常错误的。

故事通过鼓励道德行为，使社会运作得更好

希腊哲学家柏拉图将诗人和讲故事的人从他的理想国中驱逐出去，罪名之一是兜售不道德的思想。对于虚构故事蚕食人类道德的恐慌始于柏拉图，到了后世，依然总有人担忧廉价阴暗的小说、漫画、电影、电视或电子游戏会腐蚀年轻人，让他们变得懒惰、好斗且变态。

但柏拉图错了，那些惊慌失措的后人们也错了。总体而言，虚构故事具有强烈的道德属性。没错，故事中确实存在邪恶和反派人物，从弥尔顿的《失乐园》中的撒旦到《黑道家族》中的托尼·瑟普拉诺（Tony Soprano），这些形象都深深吸引着我们。但几乎所有故事都会让我们评判行为是否错误，而且我们也乐此不疲。有时我们会发现自己反常地支持反面人物，如撒旦或索普拉诺，甚至是《洛丽塔》中的恋童癖伯特，但没人要求我们认可他们残忍和自私的行为，而且故事的叙述者也几乎不会允许他们拥有幸福的结局。

塞缪尔·理查德森（Samuel Richardson）于1740年写作的《帕梅拉，或美德奖赏》（*Pamela, or Virtue Rewarded*）是最早用英语写成的小说之一。其副标题“美德奖赏”可以套用在人类梦想中的大多数故事上，从最早的民间故事到现代肥皂剧和职业摔角无不如此。故事在因果报应的轨道上运行，或者至少在我们的期望中运行。正如文学学者威廉·弗莱什（William Flesch）在其《惩罚》（*Comeuppance*）一书中所说的，故事激发出的恐惧、希望和不安等大部分情绪，反映了我们关心人物能否获得其应得的结果，好人有没有好报，恶人会不会得到恶报。大多数情况下是这样，但有时不是。当他们没有得到应有的结局的时候，我们就会叹息一声合上书本，或者步履艰难着从剧院里走出来，因为我们刚刚经历了一场悲剧。

到美国儿童成年时，仅通过电视这一个渠道，他们就累计目睹了20万起暴力行为，其中包括4万起杀人事件，这还没有算上电影情节，或是他们在电子游戏中手刃的无数敌人。社会科学家们通常对这种屠杀观察持反对态度，认为它导致了现实世界中侵略行为的增加。他们的观点确实有点道理（我们将在下一章更仔细地研究），但他们也忽略了一点，虚构故事中的暴力事件几乎连道德中立都算不上。当反派杀人时，他或她的暴力事件会受到谴责。而当英雄杀人时，他或她的行为是正义的。虚构故事向人们传达了这样的信息：暴力只有在明确界定的情况下才是可以接受的，即在保护好人和弱者不受坏人和强者的伤害时才可以。是的，《侠盗猎车手》（*Grand Theft Auto*）等电子游戏确实美化了邪恶，但这些游戏是例外情况，而且也是为人诟病的，这恰恰证明了普遍的规则。

包法利夫人为她的情人莱昂脱衣服。1857 年，福楼拜因被指控《包法利夫人》是对道德和宗教的亵渎而受到审判。福楼拜的律师辩称，虽然小说描述了不道德的行为，但它本身是道德的。包法利夫人犯了罪，她也因此而付出了代价。此番辩论获得了成功。

图片来源：*Madame Bovary: A Tale of Provincial Life,* Gustave Flaubert, M. Walter Dunne, 1904。

心理学家杰罗姆·布鲁纳（Jerome Bruner）写道："伟大的小说在精神上是颠覆性的。"我不同意这一观点。的确，作家们常常想挑战（或激怒）传统的情感，这点在过去的一个世纪里尤为明显。所有被烧毁和查禁的书都是有道理的。但大多数这种小说仍然是有道德观的小说：它使我们赞同正派的、符合社会的行为，不赞同反面腹黑人物的贪婪行为。正如列夫·托尔斯泰和约翰·加德纳等小说家所认为的那样，小说在其本质上是深具道德感的。在其光辉的表象之下，虚构小说有着说教的倾向，说教的内容通常是相当传统的。

一位埃及妇女讲述《一千零一夜》中的故事。值得记住的是，直到现在，抨击群体价值观的故事讲述者都还面临着人身风险。在书籍发明之前的数万年里，故事完全以口述为媒介。部落成员聚集在讲故事的人身边，听他讲故事。部落中讲故事的人如果破坏了历史悠久的价值观，即侮辱了群体规范，就会面临严重的后果。因此，口述故事通常反映了“高度传统主义或保守的思想”。

图片来源：*Oriental Cairo,* Douglas Sladen, J. B. Lippincott Company, 1911。

查尔斯·巴克斯特在其所著的有关小说技巧的颇具影响力的书《烧毁房子》（*Burning Down the House*）中，对现代小说中“反面人物的死亡——任何反面人物的死亡”表示了哀叹。他提到，在过去的100多年里，成熟的小说已经越来越倾向于将道德感模糊化。近年来的多部电视剧如《盾牌》《窃听风云》《德克斯特》《绝命毒师》《黑道家族》和《枯木逢春》中离经叛道的主人公就很好地说明了这一点。但我的判断只针对一般情况，并不是绝对的。我认为，说反面人物必死是一种夸张。大多数中产和高雅的小说作品（包括观念前卫的有线电视剧）仍然给观众留有空间，让他们做出明确的道德判断。在主流电影、网络电视和类型小说等通俗的故事形式中，因果报应依然大行其道。正如史蒂文·约翰逊（Steven Johnson）在《坏事变好事》（*Everything Bad Is Good for You*）中写道：“事实是，大多数节目、视频游戏和电影最后仍然倾向于传统的道德游戏结构：好人仍然获胜，而且他们是以诚实和遵守规则的方式获胜的。”

尽管有一些例外情况，但世界各地的故事中都明显存在一种常规的道德模式，它来自哪里呢？威廉·弗莱什认为它反映了人类本性中的一种道德冲动。我认为他是对的，而且不仅反映了这种冲动，还强化了这种冲动。就像问题结构指出了故事潜在的重要生物学功能（问题演练）一样，虚构故事中的道德主义可能指出了另一个重要功能。

约瑟夫·卡罗尔（Joseph Carroll）、约翰·约翰逊（John Johnson）、丹·克鲁格（Dan Kruger）和我在一系列论文中提出：故事通过鼓励道德行为使社会运作得更好。与神圣的神话一样，从电视节目到童话故事，都让我们沉浸在同样强大的规范和价值观中。它们无情地抨击反社会行为，同样不遗余力地赞美符合社会规范的行为。我们通过联想了解到，如果我们更像主角，便更容易收获主角的典型回报，如获得爱情、社会地位的提高和其他幸福结局；同时不太可能面临反面人物的下场，如死亡和社会地位的一落千丈。

人类生活的大部分时间都花在虚构的故事里。在这个世界里，善良通常能得到认可和奖励，邪恶则总会受到谴责和惩罚。这些模式不仅反映了人类心理中的道德偏见，而且似乎强化了这种偏见。荷兰学者耶米贾恩·卡克穆德（Jèmeljan Hakemulder）在他的《道德实验室》（*The Moral Laboratory*）一书中综合回顾了几十项科学研究，提出虚构故事对读者的道德发展和同理心有积极影响。换句话说，当涉及道德法则时，雪莱那句话似乎没错："诗人是世界上未被承认的立法者。"

因果报应是虚构故事动力的基础，这一证据来自儿童的假扮游戏。戴维·艾尔金德（David Elkind）的《游戏的力量》（*The Power of Play*）一书中提到，儿童的假扮游戏总是有明显的"道德色彩，即好人对坏人"。儿童的游戏场景充满了邪恶和善良的无尽碰撞。

心理学家马库斯·阿佩尔（Markus Appel ）在2008年对电视观众进行的一项研究也佐证了这一点。不妨试想一下：一个社会要正常运作，人们必须相信正义。他们必须相信做对事情会有奖励，做错会有惩罚。人们也的确普遍相信生活会惩罚恶人，奖励美德。尽管如阿佩尔所说，“真实情况显然不是这样”——坏事总是发生在好人身上，而且大多数罪行没有受到惩罚。

在阿佩尔的研究中，主要看电视剧和喜剧节目的人相比于新闻节目和纪录片的忠实观众来说，有更强烈的“正义世界”信念。阿佩尔的结论是，虚构故事让我们的大脑一直沉浸在因果报应的正义主题中。而对于我们认为“世界总的来说是个正义的地方”这种过度乐观的想法，虚构故事也要负有部分责任。然而，可能正是我们深深认同这个观念的事实，是人类社会能够正常运作的一个重要原因。

请你走进一家电影院，坐在前排，但不要看电影，而是转过身去看看坐着的人。在闪烁的灯光下，你会看到一群面孔：明的暗的、男女老少，全部都盯着银幕。如果电影很好看，人们会像一个有机体一样对它做出反应，齐声欢呼，一起屏息，一起大笑，一起哽咽。一部电影将一群陌生人组成一个杂乱的集体，让他们同步反应。电影编排了他们的感觉和想法，决定了他们的心跳有多快，呼吸有多困难，出了多少汗。电影将人们的思想融为一体，将情感和精神统一起来。电影使人们成为一体，直到灯光亮起，字幕滚动。

图片来源：Randy Faris/Corbis。

其实一直都是这样。我们独自坐在沙发上看小说和电视节目时很容易会忘记，直到几个世纪前故事一直是一种强烈的集体活动。在文字发明之前的几万年里，只有当讲述者和听众聚到一起时，才会出现故事。直到印刷术的发明，书籍变得足够便宜的时候，普罗大众才有学习文字的动力。而在这之前的几千年里，故事完全是口述的。讲述者或演员吸引观众，使他们在精神和情感上同步，并使他们都接触同一信息。

近几个世纪以来，科技改变了故事的公共性质，但并没有完全消除这一性质。如今，我们可以独自享受，或与家人和朋友一起沉浸在大部分故事中，但我们仍然在从事一种社会调节活动。我可能一个人在看《绝命毒师》或《我为喜剧狂》，或在读《达·芬奇密码》或《龙文身的女孩》，但还有数以百万计的人坐在数以百万计的沙发上面对完全相同的故事，经历着完全相同的神经、情感和生理适应过程。我们仍然共同享受一样的经历，只不过分散在不同的空间和时间中罢了。

换句话说，故事通过强化一套共同的价值观和加强共同文化的联系，继续履行其约束社会的古老功能。故事对年轻人进行文化熏陶。它定义了人类，告诉了我们什么是值得称赞的，什么是可鄙的。它巧妙地、不断地鼓励我们做一个正派的人，而不是颓废的人。故事是社会的润滑剂和黏合剂：通过鼓励我们举止得体，以此减少社会摩擦，同时将人们团结在共同的价值观周围。故事使我们同质化，使我们成为一体。这也是马歇尔·麦克卢汉（Marshall McLuhan）提出的“地球村”想法的一部分。技术使分散在各地的人们使用相同的媒体，使他们成为一个世界范围的村庄的公民。

不管是神话还是民间故事，故事也许是人类生活中的主要凝聚力。社会是由具有不同个性、目标和目的的人组成的。除了血脉关系外，是什么将我们联系起来呢？正是故事。正如约翰·加德纳所说，虚构故事“本质上是严肃和有益的，是一场与混乱和死亡、与熵作斗争的游戏”。故事是对社会无序的反击，是对事物分崩离析趋势的反击。故事是中心，假如没有它，其他部分就无法维持。

07

故事影响历史，拥有扭转人类命运之力

THE STORYTELLING ANIMAL

我们荒谬地习惯了一些书写符号的奇迹，它们包含不朽的意象、思想的复归、与活生生的人在一起的新世界、说话、哭泣和欢笑。

——弗拉基米尔·纳博科夫（Vladimir Nabokov）

《微暗的火》（*Pale Fire*）

故事潜移默化地改变人的思想和行为

虚构故事中的人物只是活动的纸上墨水，或者胶片上的化学污点。他们是“墨水人”，住在墨水镇的墨水屋里，他们从事的工作来自作者的墨水，遇到的问题也是墨水写的。他们流的汗是墨水，流的泪是墨水，当他们被割伤时，流出的也是墨水。然而，墨水人能毫不费力地穿过分隔我们和他们的墨水世界的孔膜。他们在我们有血有肉的世界中移动，并在这个世界中行使真正的权力。正如我们所看到的，这在虚构的宗教故事中是真实存在的。经典作品中的墨水人在我们的世界中真实地、活生生地存在着。他们塑造了我们的行为和习俗，并在这一过程中逐步改变了社会和历史。

普通的虚构故事也是如此。

第 11 版《大不列颠百科全书》声称文学艺术具有巨大的力量，说它对“人类命运的影响”与对火的驯化一样大。但不是每个人都这么认为。W. H. 奥登写道:“诗不成事。”奥斯卡·王尔德也写道：“一切艺术皆无用。”根据这种观点，故事相对来说是不具备行动力的。毕竟大多数人并不愚蠢，他们知道现实和幻想之间的区别，而且他们不愿意被操纵。

在过去，轶事催生了与以上主题相关的辩论，这一状况直到近期才有所变化。截至目前最著名的是一个名叫伊丽莎·哈里斯（Eliza Harris）的墨水人所面临的困境。伊丽莎年轻漂亮、精神饱满、品行端正，是阿瑟·谢尔比（Arthur Shelby）的奴隶。伊丽莎不希望自己的小儿子哈里“顺流而下”被卖到南方腹地残暴的种植园，于是她跑到了北方。《国家时代》（*National Era*）从 1851 年开始连载了她的逃亡历程。当伊丽莎站在俄亥俄河南岸，眺望将奴隶制的肯塔基州和自由的俄亥俄州隔开的汹涌澎湃的大片浮冰时，读者们屏住呼吸。在她的背后，隐隐可见的奴隶捕手正在快速向她靠近。伊丽莎抱着小哈里，踏上了前路未知的冰面。然后，她从一块浮冰踉踉跄跄地跳到另一块摇晃的浮冰上。后来她成功地抵达了河对岸，并最终在加拿大获得了自由。

1852 年，伊丽莎可怕的逃难之旅以及谢尔比庄园的另一个奴隶汤姆叔叔的故事重新汇集成册出版，成为 19 世纪除《圣经》之外最畅销的书。《汤姆叔叔的小屋》使美国公众分化为两级。通过展示奴隶制的残酷性，这本书激起了北方废奴主义者的同情心。书中将奴隶制描绘成一个由野蛮人统治的地狱般的制度，也引得南部人民纷纷捍卫奴隶制度。书中描绘的极具代表性的奴隶主西蒙·莱格里（Simon Legree）是一个怪物般的虐待狂，有着像“铁匠的锤子”一般的拳头。他在自己的奴隶面前频频晃动那把“锤子”，并说：“我的拳头像铁一样硬，可以把黑鬼撂倒，我从未见过哪个黑鬼挨我一拳还能站得住。”

在南北战争期间，当亚伯拉罕·林肯总统会见哈里特·比彻·斯托（Harriet Beecher Stowe）时，他说了一句著名的话：“原来你就是写了这本书而引发这场伟大战争的小妇人。”林肯的称赞有些夸张，但历史学家们一致认为，《汤姆叔叔的小屋》“对美国文化产生了重大且持续的影响”，它点燃了民众的激情，引发了美国历史上最可怕的战争，甚至深深影响了国际舆论。正如历史学家保罗·约翰逊（Paul Johnson）所写的那样，“在英国，这部小说的成功有助于确保……与美国南部地区经济利益相关的英国人严格保持中立”。如果英国人加入了这场战斗，事情的结果可能会大不相同。

伊丽莎·哈里斯横渡俄亥俄河。图为 1881 年《汤姆叔叔的小屋》戏剧版改编的宣传海报。

图片来源：Library of Congress。

人们相信故事系统地塑造了个人和文化。有大量的其他证据：大卫·格里菲斯 1915 年的史诗电影《一个国家的诞生》（*The Birth of a Nation*）“复活”了已不存在的三 K 党；1975 年的电影《大白鲨》（*Jaws*）使沿海度假小镇的经济陷入低迷；查尔斯·狄更斯 1843 年写的《圣诞颂歌》（*Achristmas Carol*）也产生了巨大影响，用克里斯托弗·希钦斯（Christopher Hitchens ）的话说，它需要对“现代圣诞节的可怕习俗”的大部分内容负责。《伊利亚特》给亚历山大大帝带来了对不朽荣耀的渴望。18 世纪的小说家塞缪尔·理查森（Samuel Richardson ）问道：“如果没有荷马，亚历山大这个疯子会如此疯狂吗？”歌德 1774 年写成的《少年维特的烦恼》的出版激发了一连串的模仿自杀事件；乔治·奥威尔 1948 年写的《1984》和阿瑟·凯斯勒 1940 年写的《正午的黑暗》（*Darkness at Noon*）等小说使一代人对极权主义的噩梦有了深刻的认识。诸如《隐形人》（*Invisible Man*，拉尔夫·埃利森，1952）、《杀死一只知更鸟》（*To Kill a Mockingbird*，哈珀·李，1960）和《根》（*Roots*，亚历克斯·哈里，1976）等小说改变了全世界的种族态度。

这个书单还可以一直列下去，但这实际上证明不了什么，因为有趣的地方不在于故事是否有时能改变人类或影响历史，而是这些变化是否是可预测的、系统的。怀疑论者看到这份书单可能会哈欠连连，并表示"轶事不构成科学"。

近几十年来，大致与电视的兴起相对应，心理学开始认真研究故事对人类心灵的影响。研究结果始终如一且十分有力：虚构故事的的确确塑造了我们的思想。无论是通过电影、书籍还是电子游戏，故事都在向我们传授关于世界的事实，影响我们的道德逻辑，给我们留下恐惧、希望和焦虑的印记，改变我们的行为甚至性格。研究表明，故事一直在啃噬、揉捏着我们，在我们不知情或不同意的情况下塑造我们的思想。我们在故事的魔咒下陷得越深，其影响就越大。

我们大多数人认为自己知道如何将幻想和现实分开：把从虚构故事中收集的信息与我们的通识知识储备安全地隔离开来就好。但研究表明，情况并非总是如此。我们会把从虚构故事和非虚构故事中收集到的信息混合在一起，放在同一个精神垃圾桶里。在实验室环境中，虚构故事会误导人们相信一些离奇的事情，比如刷牙对他们有害，他们到访精神病院时会"染上"疯病，或者青霉素对人类是一场灾难。

想一想，虚构故事可能比其他任何东西都能让你了解世界。比方说，如果没有《犯罪现场调查》或《纽约警察》（*NYPD*）这样的电视节目，你会对警察工作有什么实际了解？如果没有托尔斯泰和陀思妥耶夫斯基，你对沙皇俄国的了解能有多少呢？肯定不多。如果没有帕特里克·奥布莱恩（Patrick O'Brian）的系列小说《船长与指挥官》（*Master and Commander*），你对拿破仑时代的英国海军生活会有什么了解？其他例子就不多说了。

而且，故事传递的不仅仅是静态信息。托尔斯泰认为，艺术家的工作是用自己的思想和情感“感染”他的观众，“感染力越强，越是艺术中的艺术”。托尔斯泰说得没错，虚构故事中的情感和思想具有很强的感染性，人们往往会高估自己对它们的免疫力。

比如说“恐惧”。吓人的故事总会给人的心理留下阴影。心理学家乔安妮·坎托（Joanne Cantor）在2009年的一项研究中表明，我们大多数人都受到过恐怖的虚构故事的创伤。她的研究对象中有75%的人在观看恐怖片后表示自己经历了强烈的焦虑、思维混乱和失眠的情况。还有1/4的受试者说，这种经历的影响持续了6年以上。但坎特的研究最有趣的地方在于她并不是特定研究电影，她打算研究所有大众媒体造成的恐惧反应，包括电视新闻、杂志文章、政治演说等。然而，坎特的研究对象中有91%的人表示，恐怖电影才是他们痛苦记忆的来源，而不是现实世界中发生过的灾难，如“9·11”事件或卢旺达大屠杀。

虚构故事的情感具有高度的感染力，思想也是如此。正如心理学家雷蒙德·马所写：“研究人员一再发现，读者的态度会发生转变，变得与虚构故事中所表达的思想更加一致。”事实上，虚构故事在改变信仰方面似乎比非虚构故事更有效，非虚构故事的目的是通过论证和证据来说服别人。例如，如果我们看的电视节目对性关系的描述有失偏颇，我们自己的性道德观念就会改变。我们会对婚前性行为提出更多批评，对其他人的性选择也会有更多的看法。然而，如果这个节目描述的是性关系正向的一面，那我们自己的性态度就会向宽容的方向发展。这些影响可以在观看一集黄金时段的电视剧后得到证明。

与性一样，暴力也是如此。在过去的40年里，针对大众传媒中暴力场景的影响已经进行了数百项研究。这种研究是有争议的，但它似乎表明，看大量的暴力虚构故事会产生一定后果。成人和儿童在观看暴力电视节目后，在实验室环境中的行为都更具有攻击性。长期研究表明，一个人在童年时期接触的暴力虚构故事的数量，与他在现实世界中实际可能做出的暴力行为的数量之间存在一定关系。

同时，相反的关系也成立：接触更多符合社会规则主题的虚构故事，能使我们在实验室环境中更加擅长合作。

虚构故事不仅塑造了对性和暴力的大致态度。上一章中提到，已有几十项研究表明，人们看过的虚构故事会改变他们最底层的道德信仰和价值观。例如，虚构故事里对不同种族成员的描写会影响我们对外部群体的看法。通常来讲，白人观众在看到《考斯比一家》（*The Cosby Show*）这类正面展示黑人家庭生活的故事后，会对黑人表现出更积极的态度。而白人看了硬核的说唱视频后，情况就大相径庭了。

为什么会这样呢？为什么我们会被讲故事的人所操纵？借用萨默塞特·毛姆（Somerset Maugham）的话说，一种可能性是，小说作者将信息的药粉与故事的甜果酱混合在一起。人们吃下故事的甜果酱的时候，甚至没有留意到其中药粉（作家所传达的信息）的味道。

心理学家梅兰妮·格林（Melanie Green）和蒂莫西·布洛克（Timothy Brock）也对相关问题作出了解释。他们认为，进入虚构故事的世界“从根本上改变了信息接受的方式”。格林和布洛克的研究表明，读者越是沉浸在故事中，故事就越能改变他们。与那些沉浸程度较低的读者相比，深度沉湎于故事中的读者更倾向于改变自己的信念，“与故事更加一致”。这些沉浸程度较高的读者也更少会发现故事中存在的“错误音符”，也就是故事里那些不准确、不恰当的地方。重要的地方在于，与我们主动忽略无脑动作片里的不合理问题不一样，这些沉浸在故事中的读者并不是发现了错误音符而不在意，而是他们根本就无法发现音符是错的。

这告诉了我们一个关于故事影响力的重要道理，那就是当我们阅读非虚构作品时，我们是带着防御的姿态、秉持批评和怀疑的态度阅读的。但是当我们沉浸在虚构故事中的时候，我们就会丧失自己的智力防线，被情感打动，这种方式似乎让我们毫无防备。

契诃夫（1860—1904）。故事会改变我们的信念，甚至可能改变我们的性格。在一项研究中，心理学家对人们在阅读契诃夫的经典短篇小说《带小狗的女人》前后进行了性格测试。与非故事阅读者的对照组相比，故事阅读者在阅读后直接出现了人格特征的显著变化。也许是因为故事迫使我们进入人物的思想，软化和混淆了我们的自我意识。人格的变化是“细微的”，而且可能是暂时的，但研究人员提出了一个有趣的问题：虚构故事引发的小的量变最终可能会导致人格上的巨变吗？

图片来源：*Plays,* Anton Tchekoff , Charles Scribner, 1912。

关于故事影响力的程度和规模，仍有很多方面尚待了解。目前的大多数研究都是针对较少的样本进行的。人们可以根据一个短篇故事或电视情节，对性、种族、阶级、性别、暴力、伦理以及其他任何事情进行不同的思考。

现在让我进行一个推断。人类不断地将自己浸泡在虚构故事中，同时虚构故事也在塑造我们，改变我们。如果研究是正确的，那么虚构故事就是塑造个人和社会的主要力量之一。那些不常见的“墨水人”的轶事，如黎恩济或汤姆叔叔，都跨越幻想与现实的鸿沟改变了历史，令人感叹不已。但更令人印象深刻且或许更不容易发现的一点是，我们看到的故事一直在对我们起着作用，就像流水逐渐重塑岩石一样重塑着我们。

我们陷得越深，故事的影响就越大

希特勒的例子有力地说明了故事可以塑造个人和历史，而这种塑造有时是灾难性的。希特勒最喜欢的音乐故事并没有使他成为更好的人，并没有使他变得更有人性，更柔软，或将他的道德同情心扩展到自己所属的群体之外。恰恰相反，希特勒之所以能够把世界推向一场导致6000万人丧命的战争，尽管不能完全归咎于他对艺术的热爱，至少部分原因正是他对艺术的热爱。

希特勒通过艺术进行统治，他统治也是为了艺术。弗雷德里克·斯波茨（Frederic Spotts）在他的《希特勒和美学的力量》（*Hitler and the Power of Aesthetics*）一书中写道，希特勒的最终目标不是军事或政治方面的，而更多的是艺术方面的。在新帝国中，艺术将是至高无上的。一些历史学家认为希特勒对艺术的热爱不真诚、肤浅，或仅仅是政治宣传，斯波茨对这些历史学家表达了批评，并认为："希特勒对艺术的兴趣和他的种族主义一样强烈，无视这一点和忽略另一点都是严重的歪曲。"

1933年5月10日晚，德国各地的纳粹分子沉浸在烧书的狂喜中。他们烧毁了犹太人、现代主义者、社会主义者、"布尔什维克艺术"以及被认为具有"非日耳曼精神"的作家所写的书。他们用火焰净化德国的文字。在柏林，数以万计的人聚集在火光中，宣传部长约瑟夫·戈培尔（Joseph Goebbels）喊道："反对堕落和道德败坏！……在家庭和国家中，行为举止要正派、符合道德！我将海因里希·曼（Heinrich Mann）、贝托尔特·布莱希特（Bertolt Brecht）、恩斯特·格莱泽（Ernst Gläser）、埃里希·卡斯特纳（Erich Kästner）的著作扔进火堆。"杰克·伦敦、西奥多·德莱塞、欧内斯特·海明威、托马斯·曼和其他许多作家的著作也同样被付之一炬。

1933 年那晚被烧毁的书还包括德国犹太作家海因里希·海涅（Heinrich Heine）写于 1821 年的剧本《阿尔曼索尔》（*Almansor*）。这部剧中包含了一句仿佛预言的著名台词:“他们最终会在焚烧书籍的地方，把人也焚烧掉。”

08

故事成就人生，每个人都是自己故事思维的杰作

THE STORYTELLING ANIMAL

"你头一回带我上船，我有多大？"

"5 岁，那天我把一条生龙活虎的鱼拖上船去，它差一点把船撞得粉碎，你也差一点给送了命。还记得吗？"

"我记得鱼的尾巴甩来甩去，拍打船板，把横座板都打断了，还有'啪啪啪'打鱼的声音。我记得你把我推到船头，那里堆着湿乎乎的渔线，感觉整条船都在摇晃；你用棍子打鱼，那声音就像砍树一样，我浑身上下都是发甜的血腥味。"

"你真的记得这件事，还是我不久前刚跟你说过？"

"我每一件事都记得一清二楚。"

——海明威

《老人与海》[①]

---

① 引自欧内斯特·海明威:《老人与海》，小二译，译林出版社，2021。——译者注

我们一生都在精心打造一个好故事

31 岁的大卫有酒瘾。他被解雇的前一天是圣帕特里克节[①]，他沉浸在酗酒中，第二天则是大卫一生中最糟糕的一天。他拖着疲惫的身躯走进他工作的杂志社，感觉自己像行尸走肉一般。编辑把大卫叫到办公室，告诉他要想保住工作就得注意自己的行为。

大卫整理了自己的桌子，然后和他最好的朋友唐纳德去了酒吧。他们喝了一整天的威士忌和啤酒，一直喝到深夜。在一杯酒和下一杯酒之间，在从一家酒吧换到另一家酒吧之间。因为行为出格，一家俱乐部的保镖把他们赶了出来，然后这对好朋友就在俱乐部的停车场扭打起来。唐纳德被打得很痛，就回家了。大卫则去了另一家酒吧喝酒，对唐纳德抛弃他的行为感到愤怒。

大卫打电话到唐纳德的家，威胁道："我要过来了。"

"别来，"唐纳德回道，"我有枪。"

① 起源于爱尔兰，为每年的 3 月 17 日，是为了纪念爱尔兰守护者圣帕特里克而设立的。——编者注

“噢，真的吗？那我就要来检查一下了。”

大卫记不清自己是走去还是开车去了唐纳德的家，当他到了以后，他先敲了一下锁着的正门，但不久就失去了耐心，开始用脚踹和肩膀撞击了。

唐纳德打开门的时候，手里拿着手枪。他警告大卫冷静下来，否则他会报警。大卫把唐纳德推到一边，跌跌撞撞地跑向厨房，一路上还撞破了一扇窗户。大卫抓起厨房的电话递给唐纳德，手上鲜血直流：“好啊，给他们打电话吧，混蛋！打电话！打给该死的警察！”

让大卫没想到的是，唐纳德真的报警了。没过几分钟，一辆巡逻车就停在房子外面。大卫从后门仓皇逃走，向 8 个街区外的公寓奔去，为躲避警察的追赶躲进了灌木丛和小巷。在大卫回到自己的公寓后，手血流不止，不久便昏了过去。

20 年后，大卫·卡尔已经是一名为《纽约时报》供稿的专栏作家，他正在撰写自己的人生回忆录。开始动笔不久，他去采访了老友唐纳德。首先，大卫给唐纳德描述他记忆中人生最糟糕的那天发生的事情。聆听他讲述故事时，唐纳德大部分时间都在点头或大笑，因为这跟他的记忆一致。但当大卫讲到关于枪的部分时，唐纳德皱起了眉头。

唐纳德说，大卫的话大部分都没错，除了一点：大卫才是那个拿枪的人。

大卫在回忆录《午夜之枪》（*The Night of the Gun*）里写道：“人们更经常地记住他们可以接受的东西，而不是他们生活里真正经历的事情。”

大卫并没有完全依靠自己的记忆来写作回忆录，而是走出门去，从其他人的口中探究自己过去的生活。他这样做有两个原因：首先，大卫一生中的大部分时间都在酗酒，他知道自己的记忆已经残缺不全了。其次，在他写作这本书的时候，詹姆斯·弗雷（James Frey）的回忆录《岁月如沙》（*A Million Little Pieces*）因内容失真引发的波澜正盛。

在《岁月如沙》中，弗雷描述了自己过去酗酒、深陷毒瘾，逍遥法外，但最后终于改邪归正的生活。这本书扣人心弦，也令人振奋，弗雷还登上了《奥普拉秀》，这本书也因此得以大卖，让他赚到了数百万的版税收入。而《岁月如沙》中那些扣人心弦的内容也让弗雷上了“烟枪”(Smoking Gun) 网站，成了一篇名为《价值百万的诺言》的抨击大作的主题人物。

弗雷书中大多数“比虚构故事更离奇”的细节实际上只是普通的虚构，有些部分只是被美化了。例如，在他第二次参加奥普拉的节目时，弗雷告诉主持人，那段戒毒期间做根管治疗的故事是绝对真实的，除了关于拒绝使用普鲁卡因（Novocain）的那部分。还有一些细节则完全是编造的，例如弗雷被好几个州通缉的故事。这些事情引得新闻评论员们大声抗议，让弗雷滚回电视上接受奥普拉对他进行仪式般的剖析，我们其他人则靠在椅背上欣赏着这一幕。

但与其他近期出版的回忆录相比，弗雷的“创意发挥”根本算不上什么。在《回忆录小史》（*Memoir: A History*）一书中，记者本·雅戈达（Ben Yagoda）指出，充满谎言的回忆录就和书籍一样古老，但过去 40 年“可能会成为自传体谎言大行其道的黄金时代，而被后世铭记。大约每年都会有一桩丑闻出现，有时甚至更多”。例如，1997 年的《米莎：大屠杀年代回忆录》（*Misha: A Mémoire of the Holocaust Years*）讲述了一个犹太小女孩在纳粹德国奇迹般地幸存的故事。她的冒险经历包括被困在华沙犹太人区，刺伤纳粹强奸犯，徒步穿越欧洲，以及与鲁德亚德·吉卜林（Rudyard Kipling）1894 年写作的《丛林之书》（*The Jungle Book*）中的莫格利（Mowgli）一样，最后被一群善良的狼收养。只不过，这一切都不是真的。善良的狼群不是真的，甚至米莎都不是犹太人，她的真名是莫妮克·德·瓦尔（Monique De Wael）。

我最喜欢的例子是 2000 年的《血流如注，入我梦中》（*The Blood Runs Like a River Through My Dreams*），这本书是一位名叫纳斯迪杰（Nasdijj）的美国作家的热门回忆录三部曲之一。他罹患胎儿酒精综合征，又无家可归，还遭受了白人严重的歧视。他在另一本书中写道："我的文学血统来自阿萨巴斯卡语。我在脑海中听到了美国原住民传奇故事《变化的女人》(*Changing Woman*)。我聆听树木、岩石、沙漠、乌鸦和风的对话。我是纳瓦霍印第安人，与你密切相关的欧洲事物对我来说只有陌生和遥远。我不了解它们。我知道的是仙人掌的诗、鼓的歌曲，以及双胞胎男孩塔巴吉尼和纳洋吉尼的舞蹈。"

后来大家发现，纳斯迪杰原来是蒂莫西·巴鲁斯（Timothy Barrus），一个北卡罗来纳州的白人作家。另一本著名的美国原住民回忆录，1976 年的《少年小树之歌》（*The Education of Little Tree*），原来是由一个叫阿萨·卡特（Asa Carter），却以福雷斯特·卡特（Forrest Carter）为笔名的白人写的，他曾是民兵组织"南方邦联三 K 党"的领导人。

阿萨·卡特，笔名福雷斯特·卡特，在田纳西州克林顿市抨击种族融合。卡特是一个"激进的种族隔离主义者、前三 K 党人、亚拉巴马州州长乔治·华莱士的演讲稿撰写人，擅长操弄种族主义"。他那本不实的美国原住民童年回忆录已售出超过 250 万册。

图片来源 Robert W. Kelley/Getty Images。

虽然这些例子很极端，但大多数回忆录都充斥着不加掩饰的假话。随便打开一本回忆录，你会看到一个人的人生故事。这个故事采用清晰的故事语法讲述，有完整的问题结构和好人、坏人的动态关系。戏剧转折熟悉得引人怀疑：主角先是跌倒，然后东山再起，有公式化的嫌疑。波澜起伏、动人心弦的大事以惊人的频率发生在回忆录作者身上。对于自己童年时的场景和对话，回忆录作者总能还原出其中的细节，简直令人难以置信，甚至说是“无法相信”。

一些评论家认为，不仅仅是那些公然作假的回忆录，大部分回忆录都应该被放在书店的小说区。回忆录作者都不讲真实的故事，他们讲的是“伪真实”的故事。所有的回忆录都应该有一个标准的免责声明，就像那些由历史事件戏剧化改编而成的电影一样，写上：“本书根据真实故事改编。”

每次有新的回忆录丑闻爆出，我们就会抱怨被骗。我们抱怨作家背叛了人们高度的信任，我们给作家贴上骗子、说谎者、恶棍的标签，然而，还是有很多人会冲出门去买托尼·本特利（Toni Bentley）的《投降》（*The Surrender*），一本关于磨难、克服困难、性虐待、酗酒、性成瘾的“真实”回忆录，或者是别的什么。

但是，在我们谴责回忆录作者的故事讲述方式之前，应该更仔细地看看我们自己讲述故事的方式。我们一生都在精心打造着一个故事，而自己就是第一人称剧中有缺陷但依然高贵的主角。人生故事是关于我们到底是谁的“个人神话”，讲述我们从哪里来，我们如何走到这一步，以及这一切意味着什么。我们的人生故事就是我们是谁的故事，这些故事就是我们的身份认同。然而，人生故事并不是一个客观的描述，而是一个精心塑造的叙事，其中充满了刻意的遗忘和巧妙塑造的意义。

像所有已出版的回忆录一样，我们自己的生活故事也应该有一个免责声明：“我讲述的关于我自己的故事只以真实故事为基础，我在很大程度上是自己欲望的想象力的产物。”不过，这也是一件好事。正如我们将看到的，生活故事是一种非常有用的虚构。

过去和未来一样，皆是幻想

1889 年，在法国小镇南锡，16 岁的玛丽报告了一起可怕的犯罪事件。有一天，她走在寄宿家庭的大厅，听到家具吱吱作响和撞击的声音，还有低沉的呜咽声、咕哝声和呻吟声。玛丽在一个老单身汉的房间外停下。她左顾右盼，在昏暗的走廊里没有看到任何人。她弯下腰，把眼睛贴近老人门上明亮的钥匙孔。可怕的画面深深地印在她的记忆中：一个老人正在强奸一个年轻女孩；女孩睁大的双眼；血；女孩嘴里被塞着东西，发出哭喊。玛丽紧握拳头，沿着走廊逃回了自己的房间。

地方法官认真地听了玛丽的话，但持怀疑态度。然后告诉她，自己不会将此案移交给警方。玛丽顿时心烦意乱，她告诉地方法官自己将在法庭挺身而出，“在上帝和众人面前”发誓她讲述的故事的真实性。地方法官摇了摇头。其实早在玛丽进入房间之前，他已经做出决定了。

1977 年，心理学家罗杰·布朗（Roger Brown）和詹姆斯·库利克（James Kulik）创造了“镁光灯记忆”（flashbulb memories）一词，以描述人们对约翰·肯尼迪总统遇刺事件的照相式的完美回忆。人们生动地记得当他们听到这个可怕的消息时自己在哪里、在做什么，以及和谁在一起。后来对镁光灯记忆的研究表明，布朗和库利克的说法既有对的地方，又存在错误。我们确实生动地记得我们生命中的重大和创伤性时刻，但这些记忆的细节是不可信的。

例如，在 1986 年 1 月“挑战者号”航天飞机爆炸后的第二天，研究人员询问人们是从什么途径听说这场灾难的消息的，他们的感受如何，以及他们一直在做什么。两年半后，研究人员又回到这些人身边，询问他们完全相同的问题。心理学家劳伦·弗伦奇（Lauren French）和她的同事归纳结论后说：“有 1/4 的人两次说法之间没有一个细节是一致的。平均而言，在第二次问卷中，只有一半的人提供了与第一次问卷中相符的细节。没有一个人两次的说法是完全一致的。更有趣的是，虽然间隔了两年半，但大多数人对他们记忆的准确性非常有把握。”

1963 年 11 月，纽约市一家广播商店外的人群等待着约翰·肯尼迪总统遇刺的消息。

图片来源：Orlando Fernandez/Library of Congress。

我们这个时代标志性的“镁光灯记忆”是“9·11”事件，它促成了虚假记忆研究的蓬勃发展。这项研究表明了两件事：人们对他们的“9·11”记忆非常肯定，但超过 70% 的人记错了袭击的关键细节。例如，你是否记得自己在 2001 年 9 月 11 日上午看到第一架飞机撞上世贸中心的画面？小布什总统就记得。2001 年 12 月 4 日，他描述了自己是如何得知袭击事件的：

我当时在佛罗里达州，和我的参谋长安迪·卡德（Andy Card）在一起，我正要进入一间教室讨论一项有效的阅读方案。我当时坐在教室外面正等着进去，就看到电视画面中一架飞机撞上了塔楼。很显然，电视是开着的，我有时候自己也开飞机，我说："这个飞行员开得太糟糕了。"我还说："这一定是一场可怕的事故。"但我正着急离开……没有太多的时间想这件事。我坐在教室的时候，原本坐在外面的参谋长安迪·卡德走了进来，说："第二架飞机撞上了塔楼。美国正在遭受袭击。"

对于所谓的"9·11"真相运动的阴谋论者来说，布什的声明是一个确凿的证据。在袭击发生的那天早上，没有第一架飞机撞上塔楼的录像。因此，按照阴谋论者的逻辑，布什一定是在看由政府特工拍摄的影片，也正是这些特工把两座大楼击倒了。"自由世界联盟网站"打出头条新闻惊呼道："布什的口误揭示了'9·11'事件是一场彻彻底底的阴谋。"

但布什并不是唯一一个错误地记得在"9·11"事件中看到第一架飞机撞上塔楼的人。一项研究发现，73% 的研究对象非常自信地表示自己看到过 9 月 11 日上午第一架飞机撞向世贸中心北塔时的情景，并感到惊恐。

同样，心理学家詹姆斯·奥斯特（James Ost）的研究显示，许多英国人都记得看到过戴安娜王妃死于那场巴黎车祸的录像，即便相关录像并不存在。而且有四成英国人记得自己见过 2005 年 7 月 7 日伦敦爆炸案的可怕画面，但这些画面根本不存在。简而言之，"镁光灯记忆"的研究表明，一些我们确信完全真实的记忆其实根本就是编造出来的。

让我们回到玛丽的例子。玛丽上报强奸案后，持怀疑态度的地方法官没有带她去警察局起诉，而是应希波吕特·伯恩海姆（Hippolyte Bernheim）的要求，把她带去了伯恩海姆的精神病诊所。在地方法官的注视下，伯恩海姆让玛丽躺在治疗床上，玛丽在那里复述了整个可怕的故事。伯恩海姆问了玛丽几个问题：你确定自己看到的一切是真实的吗？你确定自己不是在做梦或产生幻觉吗？当玛丽对这些问题都做出肯定回答的时候，伯恩海姆又准备了一个问题：你是否确定我没有在你的脑海中植入一个虚假的强奸记忆？

玛丽是伯恩海姆的患者。用他的话说，她是一个“聪明的女人”，是一个有收入的鞋匠。伯恩海姆本应治疗玛丽的梦游症和精神症状，但他很快就开始在她身上做起了实验。他想看看他是否能创造出“追溯性幻觉”，也就是一种使玛丽无法从她生活中的真实事件中分辨出来的欺骗性记忆。伯恩海姆从小处着手。例如，他让玛丽相信，在他们的一次谈话中，她出现了急性腹泻的状况，不得不总往洗手间跑。他让她相信，她最近狠狠地撞到了鼻子，鼻孔里的血就像水龙头里的水一样涌出。

伯恩海姆对自己能够植入相对普通的记忆感到满意，于是决定测试一下自己。而后他的举动几乎可以让他进入疯狂科学家名人堂。这位精神病学家决定让玛丽留下一段可怕的关于强奸幼女的记忆。即使伯恩海姆在事后告诉玛丽那段记忆是假的，她也不会相信他。玛丽对犯罪的记忆实在是太生动了，以至于对她来说，这是一个“无可争议的现实”。

伯恩海姆用催眠术将记忆植入玛丽的大脑。结果，他的说法遭到了很多人的怀疑。记忆继续被看作是一个值得信赖的系统。记忆就是事实。

然后，“90 年代的性恐慌”大潮袭来。美国各地的精神病学家、催眠治疗师和其他治疗师纷纷致力于“恢复”成年对象中被压抑的童年受虐待记忆。但许多人认为，治疗师只是在无意中制造了虚假的记忆，而不是挖掘出真实的记忆。对于那些对记忆恢复持怀疑态度的人来说，伯恩海姆的技术与现代治疗师的技术的主要区别在于，伯恩海姆知道自己在做什么，而大多数现代治疗师不知道。

随着争论越发激烈，心理学家决意开始科学地解决这个问题，像黑客攻击计算机系统一样探测记忆系统中的弱点。他们发现，记忆的可信度远远低于人们之前的判断。

希波吕特·伯恩海姆（1840—1919）。

图片来源：Courtesy of BIU Sante, Paris。

伊丽莎白·洛夫特斯（Elizabeth Loftus）和同事曾做过一项经典研究，他们收集了一些大学生童年的信息。然后，心理学家把学生带到实验室，告诉他们生活中“实际发生”的事件。这些事件中隐藏着一个个谎言的“特洛伊木马”。心理学家说一名学生5岁的时候曾在商场里与父母走散，他的父母被吓坏了，他也一样。后来一位老人伸出援手，让他与父母团聚。起初，学生们对这个虚构的事件没有记忆。但是，当他们被带到实验室并被问到商场事件时，25%的人说他们记得这个事件。这些学生不仅回忆起研究人员提供的这个事件的大纲，甚至还自行增加了许多生动的细节。

这项研究以及众多相关研究最早显示了记忆系统是多么容易被心理暗示所污染。在实验室环境中，心理学家能够植入清晰的童年记忆，包括在迪士尼乐园遇到兔八哥（尽管兔八哥不是迪士尼的角色）、在婚礼上喧闹并将一整碗潘趣酒洒在新娘的父母身上、乘坐热气球、被狗或其他儿童攻击后住院，以及看到一架货运飞机撞向荷兰的公寓楼。

这项研究让人深感不安。如果我们不能相信自己对生命中的大事的记忆，比如“9·11”事件、性虐待、被狗攻击后送医等，那我们怎么能相信自己对小事的记忆呢？我们怎么能相信生活中发生的任何事情都与我们记忆中的一样呢？特别是考虑到我们对所谓的“追溯性幻觉”，也就是错误记忆，几乎与对自己的真实记忆一样充满信任。

当然，即使没有心理学家的干预，我们的普通记忆也一直在衰退。不仅仅是我们忘记了某些事情，而是我们所记得的东西是不准确的，甚至是严重错误的。例如，在一项研究中，研究者分别采访了刚刚高中毕业的学生，又在几十年后再次对这些人采访。在第一次采访中，33% 的人表示自己在高中时受过体罚。30 年后同样的人再次接受采访时，却有 90% 的人说自己经历过这种惩罚。换句话说，近 60% 的人编造了看似真实的被学校中权威人士殴打的记忆。

记忆研究人员提醒说，我们不应该过度拓展这些研究的结果。他们指出，记忆显然很好地保存了我们生命的基本轮廓：我的名字真的是乔纳森·歌德夏，我真的上了普拉茨堡高中。我真的是由玛西亚和乔恩抚养长大的。冥冥中，在 20 世纪 80 年代的一天，我真的在弟弟罗伯特的后脑勺上打了一拳，当时他正傻傻地在冰箱里寻找豆子和用奶酪做的墨西哥卷饼。再想一想，我真的打了吗？是的，我打了。罗伯特证实了这一点。但他记得他可能是在寻找果馅奶酪卷。然而，研究表明，我们的记忆并不是我们所认为的那样。我们大多数人认为，记忆里都是可靠的信息，可供我们随时提取。但事实并非如此简单。就像 2000 年的电影《记忆碎片》（*Memento*）中失忆的主角一样，我们都在生命中烙印上了不可磨灭的记忆，但实际情况并不是我们记忆中的那样。

生日当天撞坏新自行车的儿时记忆可能会与其他事故和其他生日的记忆混在一起。当我们回忆过去的事情时，我们不是直接提取出一个写着“自行车事故，8 岁”的文件。那段记忆的碎片散落在大脑中，视觉、听觉、味觉和嗅觉的记忆被储存在不同的位置。当我们回忆起自行车事故时，我们没有一整排的录像带，而是从大脑的各个角落回忆起一些数据。然后，这些数据被传送到故事思维里，那个讲故事的小福尔摩斯会将这些碎片和片段缝合并粘贴成一个连贯的、可信的事情，以惯用的诗意手法把事件再现出来。

换句话说，过去和未来一样，并非真的存在，它们都是我们头脑中创造的幻想。未来是我们在头脑中运行的一种概率模拟，帮助塑造出我们想要生活的世界。过去与未来不同，因为它确实发生过。但在我们头脑中表现出来的过去也是一种心理模拟。我们的记忆不是对实际发生的事情的精确记录，而是对所发生事情的重构，许多细节都是不可靠的，无论大小。

记忆并不是一个彻头彻尾的虚构故事，它只是“虚构化”了的事件。

我们都是自己史诗中的英雄

考虑到记忆本身的脆弱性，以及容易遗漏或凭空创造事件的属性，一些研究人员总结称记忆并不是一个很有效的工具。但心理学家杰罗姆·布鲁纳观察到，记忆可能“除了还原真相外，还有许多任务”。如果记忆的目的是为过去提供一个照片般准确的记录，那么记忆就有很大的缺陷。但如果记忆的目的是让我们过上更好的生活，那么记忆的可塑性实际上可能是有用的。记忆的缺陷可能是有意为之。

正如心理学家卡萝尔·塔佛瑞斯（Carol Tavris）和艾略特·阿伦森（Eliot Aronson）所言，记忆是一个“不可靠的、为自己服务的历史学家……一种意在增强自负心理的偏见常常会修剪重塑我们的记忆，会模糊往事的棱角、弱化罪责、扭曲事实”。换句话说，我们对过去的错误记忆能让我们在自己的生命故事中保持主角地位。

即便是客观上非常可怖的人，通常也不知道自己其实是个反面角色。斯蒂芬·金在小说《头号书迷》（*Misery*）中写的关于反派的内容也适用于现实中的反派：“《头号书迷》中囚禁保罗·谢尔顿（Paul Sheldon）的护士安妮·威尔克斯（Annie Wilkes），在我们看来可能是精神病患者，但有一点很重要——在她看来，自己的所作所为完全符合理智且合理，她是真正的英雄，是试图在充满敌意和争斗的世界中生存的受困女性。”研究表明，普通人做错事后，通常会编造出一段叙事，将错事融入其中，起到拒绝承认或至少起到减轻愧疚感的作用。小到违背承诺，大到犯下谋杀罪，均是如此。这种自我开脱的倾向在人类生活中极为普遍，史蒂芬·平克将其称为“宏大的虚伪”（great hypocrisy）。

我们需要将自己视为自己的史诗中的奋斗英雄，这一点扭曲了我们的自我意识。毕竟，成为生活的主角并不容易。虚构故事的主人公往往是年轻、漂亮、聪明、机智和勇敢的，而我们大多数人都并不具备这些。虚构故事中的主人公也通常过着有趣的生活，充满激烈的冲突和戏剧性，我们的生活却乏善可陈。一个普通美国人往往从事零售行业或办公室工作，晚上回家一边蘸着沙拉酱吃猪皮零食，一边观赏电视上主人公有趣的生活。

但在某种程度上，我们都希望自己与虚构故事中的主人公更相似，而这意味着我们会对自己的身份，以及自己如何到了这步田地进行自我欺骗。你是否曾经看着自己的照片，震惊地发现实际这个身材肥胖、皮肤下垂、皱纹遍布或骨感的形象，跟你想象中的自己差别过大？许多人不明白为什么照片里的自己不如镜子里的好看。照片失真可能是一部分原因，但主要是因为我们会无意识地调整姿态。要么收起双下巴，或挑起眉毛，展平皱纹和眼袋，直到调整到自己的最佳样貌。我们对着镜子摆弄自己，直到镜子说出讨好的谎言。这个例子能很好地展现我们一直以来的做法：我们建立的自我形象，比真实的形象更好看一点。

如果要求普通人描述一下自己，他们总会列出许多积极的品质，而消极的品质即使有提及也不会太多。例如，托马斯·吉洛维奇（Thomas Gilovich）在《理性犯的错》(*How We Know What Isn't So*)[①] 一书中说，在他调查的 100 万名高中生中，“70% 的人认为自己的领导力高于平均水平，只有 2% 的人认为自己低于平均水平。在与他人相处的能力方面，几乎所有学生都认为自己高于平均水平，60% 的人认为自己在前 10%，25% 的人甚至觉得自己能排到前 1%！”这些自我评估显然与事实大相径庭：不可能 1/4 的学生都能挤进前 1% 的行列。

我们不能把这种过分的高估归咎于年轻人的傲慢，我们每个人都会这样。例如，我们中有 90% 的人认为自己的驾驶水平高于平均水平，94% 的大学教授认为自己的成就高于平均水准（我很惊讶这个比例只有 94%）。大学生普遍认为自己与同龄人相比，更有可能名列前茅，然后赚取高薪，享受工作，赢得奖项，并生养出有天赋的孩子。这些大学生还认为，他们与其他人相比，被解雇、离婚、做出不道德的行为、患癌症、患抑郁症或心脏病的概率更低。

图片来源：Corbis。

① 托马斯·吉洛维奇在行为经济学和社会心理学领域享有盛誉，其著作《理性犯的错》中文简体字版已由湛庐引进，由中国人民大学出版社出版。——编者注

心理学家将这种现象称为乌比冈湖效应：在谈及几乎所有的积极品质时，我们都认为自己高于平均水平。甚至乌比冈湖效应在我们身上也不适用——大多数人都认为自己在自我评估中是清醒的，乌比冈湖效应只适用于其他人，不适用于自己。（实话实说，你自己是不是这样想的？）即使我们愿意承认自己的缺点，我们也可能会否定这项特质。运动时笨手笨脚？没有关系，因为体育并不重要。那什么才是重要的？当然是我们擅长的事情重要了。尽管大多数人都愿意承认自己不具有电影明星的天赋，但很少有人会承认自己在智商、社交能力或样貌方面低于平均水平，即便人群中一定有一半人是低于平均水平的。

这并不是说我们是全方位的乐观主义者，而是我们对自己的评价超过旁人对我们的评价，包括我们的朋友。我们是主角，其他人在我们的个人戏剧中只是配角。正如我们年轻时候认为自己非常厉害，而几乎所有人都认为随着年龄的增长自己还会继续进步。对于这些原因，心理学家科迪莉亚·费恩（Cordelia Fine）称，认为了解自己是一场“闹剧”和“令人满意的虚构”。

自我吹嘘在人生早期便开始了，而且带有报复的性质。小孩子对自己的优秀品质有许多浮夸的看法。在我女儿安娜贝尔三岁那年的夏天，我就发现了这一点。她深信自己跑步的速度快得令人惊叹。那具体有多快呢？比她爸爸更快，当然也比她姐姐快。

我们三个人经常赛跑，从后院一角的花园跑到另一角的游戏室。安娜贝尔总是排在第二位，我会在接近终点线时假装晃悠，她就猛地超过我。但是当时已经6岁的艾比腿长矫健，从未失误，总能以一马当先的姿态战胜妹妹。然而无论安娜贝尔遭遇多少次失败，都没有动摇她对自己飞毛腿速度的信心。

安娜贝尔在这个夏天大概第十次落败后，我问她：“你和艾比谁跑得比较快？”她带着与每次惨败后一样的骄傲和自信回答：“我更快！”然后我问：“安娜贝尔，你和猎豹谁跑得快？”安娜贝尔从《动物星球》节目中知道猎豹的速度快得惊人，但她觉得自己的速度也很快。这时她的回答中加入了一点不自信：“还是……我？”

但对于抑郁症患者来说，情况是不同的，他们已经丧失了积极的幻想；他们对自己个人品质的评价比普通人的自我评价要可信得多。他们能够非常清晰地认识到自己并不那么特别。心理学家谢利·泰勒（Shelley Taylor）曾说过，健康的大脑会对自己撒下谄媚的谎言，如果不自欺欺人，那么它就不健康。为什么呢？因为正如哲学家威廉·赫斯泰因（William Hirstein）所言，积极的幻想使我们不至于屈服于绝望：

> 事实是令人沮丧的。我们都会死，很可能会被疾病夺去生命；我们的朋友也都会死去；我们是小星球上一个微不足道的小点。也许随着更广阔的智慧和远见的出现，我们就需要……自欺欺人，来阻止抑郁和其带来的低落状态。我们需要否认人类的局限性，以及人类在广大空间是多么渺小。人要想在早晨起床，那一定程度的厚颜无耻必不可少。

有趣的是，即使在这个有百忧解和左洛复的时代，治疗抑郁症最常见的方法之一依然是与心理治疗师交谈。根据心理学家米歇尔·克罗斯利（Michele Crossley）的说法，抑郁症经常源于一个“不连贯的故事”“不充分地叙述自己的故事”，或“一个有点问题的人生故事”。心理治疗能帮助不快乐的人理顺他们的人生故事，实际上是给他们提供一个可以接受的故事，而这果然有效。《美国心理学家》（*American Psychologist*）杂志上最近的一篇评论文章中提到，以控制变量法进行的科学研究表明，谈话疗法和抗抑郁药物或认知行为疗法等较新的疗法一样有效，甚至比这些疗法要有效得多。因此，心理治疗师可以被看作“剧本医生”，帮助病人修改自己的人生故事，使他们能够再次扮演主角。当然，他们是遭受苦难和有缺陷的主角，但是正在逐步走向光明。

这些研究表明，我们是自己的故事思维的伟人杰作，是自己想象力的产物。我们认为自己是非常稳定且真实的。但记忆对自我创造的约束比我们想象的要少，记忆也不断地被我们的希望和梦想所扭曲。直到我们死的那一天，我们都一直生活在自己的生命故事中。就像一部正在创作中的小说一样，我们的人生故事总是在变化和发展，被一个不可靠的叙述者编辑、改写和润色。在很大程度上来说，我们即是自己的个人故事，这些故事比真实的更加真实。

09

故事改变未来，让我们在一个全新宇宙重塑自我

THE STORYTELLING ANIMAL

游戏是一种自主的存在。

你可以否定严肃，但你无法否定游戏。

——约翰·赫伊津哈

《游戏的人》

游戏的兴起：故事的吸引力从未衰退

人类是梦幻岛上的生物，梦幻岛是我们进化过程中出现的一块独特之地，是我们特有的栖息地。我们被梦幻岛深深吸引的原因是，它总体来说对我们是有好处的。它滋养了我们的想象力，强化了道德行为，给我们提供了安全的世界，让我们练习实践。故事是人类社会生活的黏合剂，能区分人群，并将人们凝聚在一起。我们生活在梦幻岛上，是因为我们离不开它。梦幻岛代表了我们的天性。我们是讲故事的动物。

人们总会做梦和幻想，我们的小孩会嬉闹和演戏，代代如此。我们这样做是受到了人类内部设定的驱动。然而，许多人担心，虚构故事或许正在丧失其在人类生活中的核心地位，当今社会的文化可能正带着我们逐步驶离梦幻岛。小说是一个年轻的体裁，但过去一个世纪以来，评论家们却笔耕不辍地为它书写讣告。即便科技变革没有让小说消亡，那么“文化多动症”也可能会给它带来灭顶之灾。现场戏剧和诗歌面临的情况甚至更糟。剧院越来越难以维持生计，诗人们互相指责对方杀死了诗歌。大学里的文学系也麻烦重重。过去几十年来，英语系的专业人员一直在流失，整个领域正处于重大的萧条时期，更可怕的是这种状况或许会永久存在，有 2/3 的博士毕业生从未找到全职的终身工作。

不仅“高级”的虚构形式令人忧心忡忡，各类“次等”的虚构形式也同样面临挣扎。许多人对廉价丑陋的“真人秀”节目取代有剧本的电视剧表示哀叹。此外，电子游戏和其他数字娱乐逐渐发展，把观众从传统故事中吸引出来。游戏业的规模现在远超图书业，甚至比电影行业还要大。2010 年发行的《使命召唤：现代战争 3》（*Call of Duty: Modern Warfare 3*）在发布后一天内就赚了 3.6 亿美元，甚至比《阿凡达》还多。

这些趋势不正好可以证明虚构故事正在缓慢走向死亡吗？大卫·希尔兹（David Shields）深表同意，他在《现实饥饿症》（*Reality Hunger*）一书中发表了不少勇敢的言论。他宣称，所有形式的传统虚构故事都已经油尽灯枯，被逐出市场，渐渐枯萎了。希尔兹之前是一位小说家，而他已经对自己的旧爱深感厌倦，他想助力加速这一进程：“我渐渐地……看轻小说，它似乎从未像现在这样对文化本身的意义那么不重要。”

希尔兹说得有点过头。以小说为例，小说会消亡的传言被夸大到了荒谬的地步。出于某种原因，文学知识分子总喜欢沉溺于自虐的观念中，认为我们生活在小说的末世。然而，全世界每年都有数以万计的新小说出版，总数量实际呈上升趋势，并非逐步下降。仅在美国，每小时就有一部新小说出版。其中一些小说销售量大到惊人，还被改编为电影，进一步扩大了文化影响力。

有什么比斯蒂芬妮·梅尔的“暮光之城”系列或 J. K. 罗琳的“哈利·波特”系列（这两套书长度是《战争与和平》的两倍）更能掀起青少年和成年人的热情呢？蒂姆·拉海伊（Tim LaHaye）和杰里·詹金斯（Jerry Jenkins）的《末日追踪》（*Left Behind*）系列小说售出 6500 万册，上次文化界出现如此轰动的事件似乎很难追忆了。比约翰·格里森姆、丹·布朗、汤姆·克兰西（Tom Clancy）、诺拉·罗伯茨（Nora Roberts）、斯蒂芬·金或斯蒂格·拉尔森（Stieg Larsson）更畅销的作家什么时候出现呢？浪漫小说每年的销售额高达 10 亿美元，什么时候会出现比它更流行的文学体裁呢？什么时候能有小说家像 J. K. 罗琳那样炫耀自己的银行账户金额呢？

文学小说的日子现在确实更加困难了，但哪一个时代的小说没有低潮？以高品位读者为目标的小说家们不应该抱怨他们的读者群只有这点人数。不过在过去 10 年中，许多文学小说还是获得了大量的读者，包括伊恩·麦克尤恩（Ian McEwan）的《赎罪》（*Atonement*）、扬·马特尔（Yann Martel）的《少年派的奇幻漂流》（*Life of Pi*）、朱姆帕·拉希里（Jhumpa Lahiri）的《同名人》（*The Namesake*）、卡勒德·侯赛尼（Khaled Hosseini）的《追风筝的人》（*The Kite Runner*）、乔纳森·弗兰岑（Jonathan Franzen）的《自由》（*Freedom*，这本书让他登上了《时代周刊》的封面），以及科马克·麦卡锡的《长路》。我想这些就是世人希望听到的好故事。

2007 年，读者们在加州一家书店排队到午夜后，抢购《哈利·波特与死亡圣器》。

图片来源：Zack Sheppard。

因此，每当你听到小说已死，请自动将其翻译成以下言论："我不喜欢那些在畅销书排行榜上晃荡的热销小说，所以这些不算数。"

但是，如果小说真的消亡了，或者弱化成与文化无关的存在，那怎么办呢？这是否标志着故事的衰落？对于像我这样的读书人来说，小说的灭绝会是一件非常令人悲伤的事情。但是，正如大卫·希尔兹自己所强调的，这不会是故事的终结。小说不是一种永恒的文学形式。虽然小说自古便有，但它在18世纪才崛起成为一种主导力量。在人类有小说之前，我们就已经是故事的创造者了。如果未来有一天，小说因人们注意力的碎片化或科技进步而被淘汰，我们也依然是故事的创造者。故事还是在不断发展中，它就像一个有机的生物体，会不断地适应环境的要求。

那么诗歌又如何呢？我有一个朋友叫安德鲁，是一个颇有才华的诗人。我们见面喝啤酒时，他会感叹诗歌在这个时代地位的下降。他告诉我，诗人曾经像摇滚明星一样受欢迎。拜伦无论是在酒吧、公园，还是自己家的客厅，每次转身必定有女性内裤挂在他身上。但我提醒他说，诗人现在仍然是明星，仍然会有人把内衣抛给他们。人们依然喜欢诗人讲述的那些小段但有力量的故事。事实上，人们比以往任何时候都更喜欢这些故事，前提是有旋律、乐器和歌手有感情的声音伴随这些小故事出现。

我们的时代不是诗歌消亡的时代，而是诗歌以歌曲的形式大获全胜的时代。这是"美国偶像"的时代。人们将一两万首自己喜爱的诗歌储存在白色的小长方形盒子里，将其放进臀部口袋里随身携带。在这个时代，我们大多数人能对数百首诗歌烂熟于心。

我的女儿艾比正拿着一个木汤匙在客厅跳舞。她甩动着头发，晃着屁股，跟着新买的泰勒·斯威夫特的CD唱歌。当歌曲唱到一个她不熟悉的段落时，艾比停了下来。她把耳朵贴在扬声器上，集中精力学习这段讲述现代罗密欧与朱丽叶故事的歌词。她的妹妹穿着公主袍，戴着头饰，在她自己的木汤匙前动动嘴唇，假装她也知道这些词。

2010 年耶鲁大学出版社发行了《说唱选集》(*The Anthology of Rap*)，这是一本 900 页的说唱歌词集，这表明学者们开始把嘻哈作为一门诗歌艺术来认真对待。英文专业教授亚当·布拉德利（Adam Bradley）在《韵律之书：嘻哈诗学》(*Book of Rhymes: The Poetics of Hip Hop*）中表示，说唱音乐是“世界历史上传播最广的诗歌。Rakim、Jay-Z（如图）、Tupac 和其他许多优秀的说唱歌手，都值得与美国的诗歌巨匠们分庭抗礼”。

图片来源：Neal Whitehouse Piper。

虽然我的女儿们生活在此时此刻，但这件发生在我家客厅里的事情却可被溯源至古代。只要有人类存在，他们就会因歌曲的节拍、旋律和故事感到快乐。

与对事物死亡的恐惧一同出现的，还有对事物兴起的恐惧。电子游戏就是一个最好的例子。但是，它是否代表了远离故事？或者，它只是故事演变的一个阶段？《爆破彗星》(*Asteroids*)、《吃豆人》(*Pac-Man*)、《太空入侵者》(*Space Invaders*）……从我记得小时候玩的第一款街机游戏开始到现在，电子游戏已经发生了巨大的变化。现在大多数热门的电子游戏都是以故事为中心的。玩家控制着一个虚拟人物，一个化身（或“迷你版的我”）在广阔的数字梦幻岛上移动穿梭。随便拿起一本《电脑玩家》杂志，你就会发现除了运动类游戏外，大多数电子游戏都是围绕着熟悉的问题结构和因果报应来构建的。这些游戏通常会叙述骇人但充满英雄般暴力的故事，主要是针对雄性激素过剩的年轻男性。这类游戏并不会把玩家从故事中带出来，而是让他们沉浸在一个幻想的世界里，让他们成为动作片中石破天惊的英雄。

与一般的动作片一样，电子游戏的情节通常是一个主角（男人、枪、女人）。但我们正在接触一些更丰富的东西。正如小说家、评论家汤姆·比塞尔（Tom Bissell）在他的《额外生命》（*Extra Lives*）一书中所指出的，我们正目睹一种新的故事形式的诞生，虽然这种故事的传统仍有待探索和完善。雄心勃勃的设计师正试图将游戏的吸引力与音乐、视觉和叙事艺术的所有力量相融合。例如，索尼PlayStation的游戏《暴雨》（*Heavy Rain*）的编剧、导演大卫·凯奇（David Cage），便试图以电影《公民凯恩》（*Citizen Kane*）的革命性风格推动游戏设计。《暴雨》的构思并不是从电子游戏出发，而是从“互动式电影”的角度出发的。玩家会扮演几个角色，试图从一个被称为“折纸杀手”的连环杀人犯手中拯救一个男孩。在《暴雨》中，“玩家”化身为不同的角色（包括折纸杀手），并可以决定故事的结局。

真人秀：真实的谎言

我们通过电视体验故事的方式似乎正在发生变化，但电视依然是传递故事的主要途径。真人秀节目的兴起取代了有剧本的电视剧，这一趋势被认为是虚构故事甚至文化世界终结的可怕迹象。但是，电视剧真正的黄金时代其实与真人秀节目同期兴起，想想看《火线》（*The Wire*）、《广告狂人》（*Mad Men*）、《绝命毒师》（*Breaking Bad*）、《黑道家族》（*The Sopranos*）都是在这段时间诞生的。何况真人秀无论如何都不是非虚构的。真人秀节目的制作人将陌生人困在房子里或荒岛上，以便尽可能地煽动戏剧性矛盾。这些“人物”在某种程度上也是在演戏。他们知道摄像机正在拍摄，也知道自己要扮演酒鬼、少女或性感女郎的角色，并且知道言行越出格获得的镜头就越多。

真人秀节目的编剧（没错，有编剧）与剪辑团队一起将原始的镜头组合成经典的故事线。《改头换面》（*Extreme Makeover*）、《粉雄救兵》（*Queer Eye*）、《奥兹家庭秀》（*The Osbournes*）以及其他数十个真人秀节目的展开都紧扣着故事叙述的通用语法。

例如，在斯派克电视台（Spike TV）的《终极格斗王》（*Ultimate Fighter*）节目中，一群年轻人搬进了一幢豪宅，他们在那里可以免费喝酒，但不可以看电视、看书、使用手机，也不能见自己的女朋友或妻子。剧情的关键便是要让这些人之间的气氛紧张、展开争吵。像《幸存者》一样，《终极格斗王》是一场最终只有一人留下的比赛。《终极格斗王》最根本的不同之处是所有参赛者都要做一件事：进入一个八角形的铁笼子，把其他年轻人打得服服帖帖。在《终极格斗王》中，你不会被淘汰出岛，但会在笼子里被打倒。

在该节目的第十季中，一个叫“呆瓜”（Meathead）的笼中斗士击败了一个叫斯科特·容克（Scott Junk）的斗士，导致容克的眼睛受了重伤。这激怒了容克的朋友“大宝贝”（Big Baby），他立即冲进场内与“呆瓜”对抗。“大宝贝”曾是一名壮硕无比的 NFL 后卫，他俯视着“呆瓜”，拳头在身侧不住地抖动。他对着“呆瓜”的脸声嘶力竭地吼道：“向我挥拳，求求了！打我！给我一个理由，我就杀了你，混蛋！”“呆瓜”也盯着“大宝贝”，然后他向后退了一小步，似乎希望没有人会注意到。

在《终极格斗王》中，“大宝贝”主要是以好人的形象呈现，而“呆瓜”则是一个恶棍。尽管“大宝贝”的身材令人生畏，但他说话温和、心地善良，有着南部男孩的好风度。“呆瓜”则是这场戏剧中的弃儿。其他拳手认为他经常撒谎，还对他的智商和胆量嗤之以鼻。但用 E. M. 福斯特的术语来说，这两个角色“都是圆形的，而不是扁平的”。在“呆瓜”单独面对镜头时，他是节目中最有头脑的参赛者。他似乎真的明白他的工作很危险，每次他进入笼子时，那些大块头和可怕的人都想竭尽全力地痛殴或掐晕他。

虽然“大宝贝”看起来像一个大块头绅士，但他的黑暗面也让他有趣了一些。他在两种基本人格状态之间来回切换，要么欢快，要么愤怒。他的教练“狂暴杰克森”（Rampage Jackson）评价说，“大宝贝”是“世界上会杀你的人之中……最棒的家伙”。

《终极格斗王》展示了真实素人而非演员在极端冲突情况下的片段。也许这个节目不完全是虚构的，但它也不是“非虚构”的。它为我们提供了故事中吸引我们的一切：极端的、通常是暴力的冲突，经典的故事和人物弧线。但它还给了我们另一样东西：一种令人信服的现实主义感。大多数虚构故事都在力争表现真实感，实现真实感是虚构故事创作的一个重要部分。真人秀节目则不必做这项努力。早在 1980 年，罗伯特·德尼罗（Robert De Niro）在《愤怒的公牛》（*Raging Bull*）中塑造的半癫狂的斗士便贡献了电影史上最伟大的表演之一。但它仍然是一种表演，一种仿制行为。假装因愤怒而疯狂的德尼罗，并不像真正失去控制的“大宝贝”那样让人信服或恐惧。

真人秀节目的另一端是美国广播公司的《超级保姆》（*Super Nanny*）。在每一集的开头，勇敢的英国保姆乔·弗罗斯特（Jo Frost）都会去到一个家长无能、孩子捣蛋的混乱家庭里。保姆会花一两天时间来观察这个家庭有多么糟糕。她在镜头前摇摇头，转动眼睛，然后颁布戒律，开始在家庭的混乱中建立秩序。然后，原本糟糕的家庭摇身一变，成为一间干净的房子、明智且有爱心的父母和有礼貌的孩子。结局是她开着她那辆破旧的英国保姆车离开，留下小家庭幸福地生活在一起。

这简直美如幻想啊！《超级保姆》不动声色地将虚构故事穿上了“真实”的外衣，很少有节目能做到这个程度。像《超级保姆》这样的节目比一般的虚构作品更不真实。好的虚构故事讲述的是极度真实的谎言，而《超级保姆》充满了谎言，却没有一个接近真实。

《终极格斗王》和《超级保姆》说明了真人秀节目不是非虚构的。它们只是一种新的虚构形式，主要由剪辑室创作谎言、歪曲事实，而不是在写作室进行。

对于那些靠故事谋生的人来说，这无疑是一个令人紧张的时代。出版、电影和电视行业正在经历一个痛苦的变革时期。但故事的本质并没有改变。讲故事的技术已经从口头故事，到泥板、手写稿、印刷书籍，演变为电影、电视、电子阅读器和智能手机。这对商业模式造成了严重破坏，但它并没有从根本上改变故事。虚构故事过去和将来都是这样的：

人物 + 困境 + 尝试解脱

未来学（Futurology）是一个愚蠢的游戏，但我认为，故事完全没有从人类生活中被排挤出去。吸引我们去看小说的因素会在未来进一步加强和完善，故事的吸引力将增加数倍。我们将被放逐到网络世界中，而且我们会喜欢这种方式。正如一位网络游戏玩家所说，“现实生活的未来看起来很黯淡”。

真人角色扮演游戏：亲手设计自己的故事线

那是一个阳光明媚的秋日。伊桑和他的朋友们在佐治亚州弗洛维拉（Flovilla）的印第安泉州立公园的树林中奔跑。他们在营地之间来回躲闪，跑进森林，完全不把公园管理员和其他露营者的眼光放在心上。他们在追捕怪物，怪物也在猎杀他们。当他们砍倒伪装的兽人时，会大喊一声：“去死吧怪物！”

平静下来之后，他们也依然保持着戏中的个性。脾气暴躁的马格努斯·泰格布拉德（Magnus Tigersblood）向塔伦爵士（Sir Talon）道歉道：“我不是聪明人，但我知道怎么打仗和画符文。”塔伦爵士则表现得很宽容：“先生，你的话都是真心话。”所有的英雄都来自异国他乡：魔法树丛、完美统一帝国、风暴岩、哥布林城。

伊桑穿着在二手店淘来的蓬松的白色上衣和黑色紧身裤，打造出了一个中世纪造型。一个叫艾琳的仙女穿着缎面连衣裙，脚踩芭蕾舞鞋，背着用松紧带固定的翅膀。他们的武器是用胶布包裹的木头或泡沫。服装很简陋，挂在树间的蓝色防水布看起来也完全不像地牢的入口，但这都无关紧要。在玩家的想象中，泡沫塑料玩具变成了令人毛骨悚然的武器；只消一抹泥土就能将人脸变成夜行妖精的模样；即便是一件廉价的人造珠宝，也能和圣杯一样珍贵。

那个周末，伊桑和他的战友狼人・沃尔夫、猛禽・艾丽、铁齿轮・海因里希、告密者・幽暗等人为保命而奋力战斗或逃跑。他们杀死了巨喙梦魇（terror beaks，游戏《饥荒》中的怪兽），还在一个“极度肮脏的洞穴”中与“半鼠半狼的怪物”战斗。他们解开了谜语，施展了法术。他们互相打斗，又和好如初。

最后，他们终于找到了潜伏在一条森林小路旁的曼德拉克斯（Mandrakes）。曼德拉克斯是一种半人半植物的邪恶生物，许多勇敢的战士和美丽的少女都曾被绊倒在曼德拉克斯的树丛中，短短几秒钟内便被树丛吞噬。

当伊桑挥舞着泡沫塑料狼牙棒走进曼德拉克斯树丛时，他身边并肩战斗的同伴们发出了这样的声音：

强力一击！
砰！击退！
进去！从侧面攻击他！
还有两个曼德拉克斯！
收紧！
再次重击！
闪避！
啪！啪！啪！
致命一击！

啊啊啊啊啊啊！

在成功保卫森林，让它美好纯洁如初之后，英雄们回到了自己的小屋。他们互相称呼对方的真名，谈论自己的配偶和孩子。然后，他们爬上自家汽车，开车回家，不是去哥布林城或风暴岩，而是去亚特兰大的郊区。40 多岁的伊桑·吉尔多夫（Ethan Gilsdorf）与他的新朋友们告别，登上了前往波士顿的飞机，当时他正在写一本关于幻想游戏亚文化的书。

伊桑刚刚体验了一场名为“门之森林”的真人角色扮演游戏（LARP）。在 LARP 中，成年人会将自己内心的孩童释放出来。他们创造各种幻想场景，从典型的剑与魔法的设定，到科幻和秘密特工的游戏。每个人都发展出一个层次丰富的角色，有完整的背景故事。可以是心碎的巫师、尖酸刻薄的初阶仙女，也可以是保有秘密的女杀手。然后玩家会扮上这些身份，有时在角色中一待就是几天。

LARP 并不是真正的游戏，而是没有观众的即兴戏剧，是成年人的过家家。

在 20 世纪 80 年代，LARP 从桌面角色扮演游戏（RPG）中分化出来。《龙与地下城》（*Dungeons and Dragons*）等桌面角色扮演游戏将朋友们聚在一起，完成合作式的故事讲述。RPG 邀请我们进入构思丰富的虚构世界，不是作为被动的想象者（如阅读传统小说的体验），而是主动扮演角色。RPG 是游戏和故事的杂交品种。但对我来说，故事因素在其中占据了主导地位，我们将自己与故事世界的互动命名为“游戏”。

《龙与地下城》的典型玩家画像是长着青春痘、性格内向的男孩，既不酷，不擅长运动，也不会吸引女孩的目光。从我小时候玩这个游戏的经历，以及和一直玩到成年的朋友交往的经历来看，我觉得这种刻板印象相当准确。但 LARP 玩家则完全是另一个类别。他们是那种完全沉浸其中的超级玩家，甚至《龙与地下城》的玩家都会对他们嗤之以鼻，但是没有人应该窃笑。为什么大家认为表演这些托尔金式的故事看起来十分愚蠢，但大多数人都喜欢像笨蛋一样坐在剧院里看演员表演呢？为什么我们认为 LARP 玩家可悲，而又崇拜那些在梦幻岛上四处游荡、呼喊、亲吻、疼痛和情感丰富的电影明星？ LARP 玩家只是彼得·潘的一个极端例子：人类是不会长大的物种。人类可以离开幼儿园，但不会离开梦幻岛。

至于我们为什么不应该嘲笑这些玩家，还有一个原因。那就是《门之森林》和《龙与地下城》等 RPG 游戏为故事的未来指明了方向。

大型多人在线角色扮演游戏：和千万人共享虚拟世界

我不认为传统小说的死亡已经来临，也不认为通用的语法规则会改变。但我确实认为在未来 50 年里，故事叙述将向新的方向发展。以 RPG 的形式出现的互动式虚构故事将从边缘的极客领域走向主流。我们中会有越来越多的人像 LARP 玩家一样在虚构王国中跑来跑去，幻想角色的行为并表演出来。但这些行为会在网络空间中完成，而非现实世界。

两个最引人注目的科幻故事的未来愿景来自赫胥黎的《美丽新世界》，以及 1987—1994 年的“星际迷航”系列。在赫胥黎的这部反乌托邦小说中，虚构故事已几乎不复存在，人们转而涌向“感官器”（Feelies）。从表面上看，“感官器”提供的体验很像电影，但两者之间存在很大差别。首先，在“感官器”中，你能实在地感受到人物的行为。其次，“感官器”并不是一种故事传递技术，而是一种感觉传递的技术。“感官器”并不能探索人类的困境，也没有知识内容，只会带来刺激和颤抖。

如果“感官器”有朝一日真的被发明出来了，想必大家都会蜂拥而上。但我不认为这意味着故事的结束，反而认为人们会希望同时拥有“感官器”和故事。赫胥黎笔下的二元世界的公民对“感官器”感到十分满意，但他们与我们不同。

他们已经被基因改造并被社会文化改变，不再是真正的人类。故事不会消失，除非我们真的跨入了一个美丽新世界，一个彻底改变了人类本性和教养的世界。赫胥黎似乎也明白这一点。他的小说中只有一个完全真实的人，那就是野蛮人约翰。他是一个异类，其中部分原因是相比"感官器"来说，他更喜欢莎士比亚。

我认为未来的虚构故事将更接近于《星际迷航》的全息甲板（holodeck），而不是赫胥黎的"感官器"。在《星际迷航》的虚构宇宙中，全息甲板能够完成对一切事物的真实模拟。作为一个角色，你可以通过全息甲板进入虚构作品"全息小说"，这是一个技术上更加复杂的 LARP 版本。就像"感官器"一样，"全息小说"能让人误以为故事正在实实在在地发生着。但是，与"感官器"不同的是，"全息小说"给你带来所有的刺激和颤抖，并不会脱离故事存在。

在全息甲板中，凯瑟琳·詹韦（Kathryn Janeway）舰长喜欢阅读简·奥斯汀式的全息小说，并在其中扮演一个聪明、活泼、万众期待的女主角。相比之下，让－吕克·皮卡德（Jean-Luc Picard）舰长则喜欢雷蒙德·钱德勒式的故事，他会以侦探狄克逊·希尔（Dixon Hill）的身份解开谜团。《星际迷航》中的全息小说很大程度上诠释了小说吸引我们的根本之处：对人物的认同感。因为我们此刻就是这些人物，不光如此，我们还拥有了进入另一个宇宙的完美幻觉。

我们可能永远不会拥有《星际迷航》中那种先进的技术。但我相信，我们正在通过一种"大型多人在线角色扮演游戏"（MMORPG）朝着这个方向发展。在 MMORPG 中，玩家成为一个展开的故事中的人物。他们在一个巨大的、具有丰富文化内涵的虚拟世界中遨游，与数千名其他玩家共享世界。这些虚拟世界有自己的法律和习俗，他们有自己的语言方言，其词汇对于新手（即"菜鸟"，被称为 noobs）来说可能非常难以掌握。比如这些动词：偷袭、吃亏、削弱、增益魔法、减益魔法、带人、带不动、攻破。有的部落在交战，也有的部落经济繁荣，每年的贸易额达数亿美元。MMORPG 世界里的文化自发地发展着，有人类学家正为它们书写民族志。

当你进入一个 MMORPG 时，你不仅进入了一个独特的物理和文化空间，还走入了一个故事空间。事实上，许多 MMORPG 是基于流行故事展开的，比如《指环王》《星际迷航》和《星球大战》。MMORPG 邀请我们成为经典英雄故事中的人物。正如一位玩家所说，玩 MMORPG 就像生活在“一本正在写的小说里”。另一个人说，“我生活在一个中世纪的传奇中，我是小说中的人物之一，同时，我也是作者之一”。

以暴雪娱乐的 MMORPG《魔兽世界》为例。在有限的篇幅里很难描述这个游戏，就像很难用几段话来概括尼加拉瓜或挪威的物理和文化概念一样。它有着惊人的野心，与其说它的开发者是游戏制作者，不如说他们是世界的创造者。他们表示自己创作的不是一个角色扮演游戏，而是一种角色扮演体验。这个游戏的设计者堪称极客的神，他从虚空中雕刻出了一个虚拟世界。

《魔兽世界》是一个由许多独立的星球、种族、派别、文化、宗教和相互无法理解的语言组成的线上宇宙。有 1200 万真实的人在其中冒险，这个数字也意味着游戏人口超过了尼加拉瓜和挪威的总和。社会学家威廉·辛斯·班布里奇（William Sims Bainbridge）用两年时间进行了参与式观察研究，他写道，《魔兽世界》的体验是基于“像古代传奇一样复杂的神话织锦”，他并没有夸大其词。有几本书的内容围绕《魔兽世界》展开，比如《新部落》（*The New Horde*）和《瘟疫之地的内战》（*Civil War in the Plaguelands*）。你可以通过阅读这些书来了解这个王国的传说。此外，还有一系列小说（已出版到第 15 册）充实了《魔兽世界》的背景故事，发展了主要人物，并制约了线上体验的无尽发展。在踏足《魔兽世界》后，你就成为一个不断发展的史诗中的角色，这个史诗可以追溯到开天辟地之时，追溯到第一个神与世界的诞生时刻，也描绘了种族和文明兴衰的万年历史。

《魔兽世界》之所以能达到这样的效果，是因为它融合了数百名合作者的创造力，包括程序员、作家、社会科学家、历史学家、视觉艺术家、音乐家和其他许多人。虽然大多数伟大的艺术都是由个人创造的，但《魔兽世界》是由数百名有创造力的人将故事艺术的力量与视觉和声音艺术编织在一起的产物。《魔兽世界》是一场艺术饕餮，而我们现在仍处于它的早期阶段。未来 20 年后，《魔兽世界》这样的宇宙会是什么样子？ 50 年后呢？

《魔兽世界》的屏幕截图，图片上是一位女性血精灵。

图片来源：2011 Blizzard Entertainment, Inc。

对故事的渴望，从来都是件好事

经济学家爱德华 · 卡斯特罗诺瓦（Edward Castronova）在他的《出走虚拟世界》（*Exodus to the Virtual World*）一书中认为，我们已经开始了人类历史上最大规模的迁移。人类正在从现实世界向虚拟世界大量迁移。虽然人类的身体将永远流落在地球上，但注意力正逐渐“流向”虚拟世界。数以千万计的 MMORPG 爱好者已经平均每周花 20 到 30 小时沉浸在网络冒险中。根据一项对 3 万名 MMORPG 玩家的调查，大约一半的重度玩家在游戏中结交了让自己非常满意的朋友，20% 的玩家认为 MMORPG 中的领地是他们“真正的家园”，而地球“只是他们偶尔到访的地方”。随着技术的进步，虚拟世界越来越有吸引力，人类“出走”的速度会越来越快。

根据卡斯特罗诺瓦的说法，这种出走的动力包括吸引力和排斥力。吸引力来自全新的虚拟世界，来自互动故事，排斥力则源自现实生活。卡斯特罗诺瓦请我们想象一个叫鲍勃的普通人。鲍勃从事零售业，负责上架产品、扫地、登记，频频开车穿过有着大卖场和快餐店的萧瑟的都市丛林。即便去打保龄球，他也总是自己一个人。他没有参与公民生活，并不是真正意义上的社区成员，他的生活毫无意义。工作对他的要求很低，他也没有产生什么持久的价值。

但下班后，鲍勃会连上网，找到他的生活中缺少的一切。在 MMORPG 的领地，鲍勃有朋友，甚至可能还有妻子。他的生存不是为了贩卖和消费垃圾，而是为了讨伐邪恶。在游戏的领地中，鲍勃有大块肌肉、大型武器，还有危险的魔法。他是一个紧密联系的社群中的重要成员，享有大家的尊重。

评论家们经常将现代生活中不断增加的孤独感归咎于 MMORPG。但虚拟世界与其说是造成这种孤立的原因，不如说是对它的回应。虚拟世界给我们展现的是从现代生活中被抢走的东西。虚拟世界在某些重要方面比现实世界更真实。它带来了社群，让我们拥有充满力量的感觉，体会身为被人依赖的重要人物的感觉。

最重要的是，MMORPG 世界具有深远的意义。正如游戏设计师大卫·里奇（David Rickey）所言，人们进入 MMORPG 是为了从他们实际生活的虚无中获得一天短暂的休假。MMORPG 是一个富有意义的世界，从许多方面来说，它似乎更值得我们生死相随。MMORPG 实现这一点的方式首先是通过重塑神话。在虚拟世界中，神话保留了所有的力量，诸神是鲜活有力的。以下是《战锤在线》（*Warhammer Online*）对邪恶的军阀查尔·扎内克的描述：“在遥远的北方土地上，野蛮人部落崇拜可憎的混沌之神，一个新的王已经崛起。他的名字穿越刺骨寒风的呼啸和乌鸦的尖叫，随着雷声宣扬四海，在人们的噩梦中喃喃低语。他是查尔·扎内克，被选为混沌之神，他将撼动旧世界的根基。”

因此，人们将越来越多地进入 MMORPG 的世界，不仅是因为它积极的品质，更是为了逃避现代生活的黯淡。正如游戏设计师简·麦戈尼格尔（Jane McGonigal）① 近期出版的书的标题所言：现实已经破碎。你可能会说：“是的，但那些参与角色扮演的极客都有一个共同点：他们是可怜的失败者，我不是。呆子和兽人的世界与我毫无关系。”

的确，MMORPG 并不适合所有人，但这个领域仍处于起步阶段。计算能力将在未来几十年里呈指数级增长，逐渐接近“全息游戏”。当这种情况发生时，故事地（story land）将在许多方面超过现实生活。很多人，特别是像鲍勃这样的人，已经决定，在 MMORPG 的领地上做国王比在现实中做农民更美好。但会不会有一天，大家觉得在 MMORPG 的领地上做国王，比在现实生活中做国王更好呢？

当然，人们总是要从故事中抽身出来，去一下卫生间或开一下冰箱。但互动式虚构故事可能会变得非常诱人，导致我们不愿意从中抽离。极度乐观的《星际迷航》系列从未完全搞清楚过这一点。全息甲板和氢弹一样，是一种具有可怕的破坏性潜力的技术。如果你有一个步入式衣橱，让你可以进入其中做自己最想做的事情，不论是拯救世界还是掌控后宫统统可以满足，那你有什么理由要出来呢？有什么理由让你不做那个“全能的神”呢？

随着不断的进化，人类渴望故事。总体而言，这种渴望对我们来说是件好事。故事给我们带来快乐和指导。它们模拟世界，使我们能更好地生活在这个世界上。故事有助于将我们结合成社群、定义文化。故事一直是我们这个物种享有的巨大优势。

---

① 简·麦戈尼格尔，著名未来学家，文中提及的是她的著作《游戏改变世界》（*Reality Is Broken*），该书的中文简体字版已由湛庐引进，由浙江人民出版社出版。湛庐还引进了她的《游戏改变人生》，该书已由北京联合出版公司出版。——编者注

但故事是不是正在成为我们的弱点呢？我们可以拿对故事的渴望与对食物的渴望做一个类比。如果预计未来生活会出现食物短缺，那对我们的祖先来说，暴饮暴食的倾向是有利的。但是现在，我们这些当代办公室员工被廉价的油脂和玉米糖浆包围，那么暴饮暴食更有可能使我们发胖甚或英年早逝。同样，对故事的强烈贪婪对我们的祖先来说是健康的，但对于现在这样一个书籍、MP3 播放器、电视和智能手机里到处充斥故事的世界，却有一些有害的后果。言情小说和电视节目（如《泽西海岸》）中存在一些类似于油炸蝴蝶酥一样缺乏营养的故事。我认为文学学者布莱恩·博伊德是对的，我也想知道在一个充斥着垃圾故事的世界里过度消费，是否会导致类似于“精神糖尿病流行”的情况。

同样，随着数字技术的发展，我们的故事无处不在、身临其境、互动性强，可能同样散发危险的吸引力。真正的威胁不是故事在未来会淡出人类生活，而是故事会完全取代人类生活。

也许我们可以避免这种命运。也许，像有纪律的节食者一样，我们可以做出有营养的选择，避免贪婪地消费故事。本着这种精神，这里有一些基于本书研究的适度的建议。

请阅读虚构故事，观看虚构故事。它会让你更有同情心，更好地应对生活中的困境。

不要听道貌岸然的人的说辞，虚构故事没有拉低社会的道德结构。恰恰相反，即使是最低级的作品，通常也会将我们带入共同的价值观区域中。

请记住，从本质上讲，我们都是酷爱故事的人。当我们在情感上沉浸于角色和情节时，就很容易被塑造和操纵。

可以陶醉于故事改变世界的力量（想想《汤姆叔叔的小屋》），但也要保持警惕（想想《一个国家的诞生》）。

足球训练和小提琴课很好，但不应该占据儿童在梦幻岛探索的时间，那是孩子健康发展的一个重要部分。

请允许自己做白日梦。白日梦是我们自己的小故事，它们帮助我们从过去中学习并计划未来。

当你内心中讲故事的人处于超负荷工作的时刻，要意识到这一点：请对阴谋论、你自己的博客文章，以及与配偶和同事发生争吵时的自我辩解秉持怀疑的态度。

如果你是一个怀疑论者，请试着对有助于将文化联系在一起的民族和宗教神话宽容一些，或者至少不要庆祝这些神话的消亡。

如果再听到评论家表示小说因为缺乏新意而正在消亡，你就打一个哈欠吧。人们去故事乐园的原因并不是因为想要一些令人惊叹的新鲜玩意儿，而是因为他们想要从常规的故事语法中找到熟悉的舒适感。

不要对故事的未来感到绝望，也不要因为电子游戏或电视真人秀的兴起而感到不悦。我们体验故事的方式将不断发展，但作为讲故事的动物，我们不会放弃它，就像开始用双脚走路一样。

请对故事曲折离奇的进化路径感到欣喜，正是这点让我们成为讲故事的动物，它给我们讲述的故事带来了所有的华丽、欢乐的活力。最重要的是，了解讲故事的力量，不论故事从哪来，或者故事为何重要，请永远不要降低对故事的体验。去沉迷在小说中吧，你会感受得到。

致 谢

THE STORYTELLING ANIMAL

感谢所有允许我在本书中使用图片的个人和组织，也衷心感谢弗雷德里克·斯普茨（Frederic Spott）耐心地解释希特勒的绘画的版权问题。最后，特别感谢 Wikimedia Commons[1] 提供的可检索的数字图片库。

我十分感激对全书或书中部分章节提供建议的学者和科学家们，他们是：布莱恩·博伊德、约瑟夫·卡罗尔、爱德华·卡斯特罗诺瓦、山姆·费、迈克尔·加扎尼加和卡蒂亚·瓦利。我的母亲玛西亚、父亲乔恩，以及兄弟罗伯特也给出了一些中肯的建议和鼓励。感谢我的妻子蒂芙尼，感谢她对本书草稿提出意见，还有她在我为这本书入迷时对我的忍耐。

感谢华盛顿杰弗逊学院（Washington and Jefferson College）图书馆的管理员，特别是瑞秋·博

① Wikimedia Commons：公开的线上数字媒体资源库。——译者注

尔登（Rachel Bolden）和亚历克西斯·里腾伯格（Alexis Rittenberger）。他们帮我向其他图书馆借阅了许多书，并且即便我有失规矩，也从来没有叫警卫赶我出去。

我发自肺腑地感谢才华横溢、辛劳勤勉且博闻广识的编辑阿曼达（Amanda）。本书大到总体结构，小到句子质感，都由她跟我携手合作完成。虽然没有一本书是完美的，但如果没有阿曼达对语言的敏感度和对讲故事的直觉，这本书就离完美远得多了。当然，我还要感谢霍顿·米夫林·哈考特（Houghton Mifflin Harcourt）出版社团队中其他人提供的专业技能和辛勤努力，包括与我在本书插图方面密切合作的编辑助理阿什利·吉列姆（Ashley Gilliam）、图书设计师布莱恩·摩尔（Brian Moore），以及出色的文字编辑芭芭拉·贾特科拉（Barbara Jatkola）。

能拥有马科斯·布洛克曼（Max Brockman）这样一位能力与天赋兼具的经纪人，我感到万分幸运。马科斯在项目初期便加入了，帮助我把一个无定形的想法变成一本书的雏形。同时，他还是一位可靠的战友和出色的军师。

我的女儿们从很小的时候起，就邀请我以参与者和观察者的身份进入她们的幻想世界，请我扮演王子、肯（芭比的男友）和食人魔的角色。与我的女儿们一起玩耍，让我学到了很多关于故事的知识，丝毫不比我在书中学到的少。所以谢谢你，艾比盖尔。谢谢你，安娜贝尔。

参考书目

THE
STORYTELLING
ANIMAL

考虑到环保的因素，也为了节省纸张、降低图书定价，本书制作了电子版的注释及参考书目。请扫描下方二维码，下载“湛庐阅读”App，搜索“好故事如何掌控思维”，即可获取注释及参考书目。

未来，属于终身学习者

我们正在亲历前所未有的变革——互联网改变了信息传递的方式，指数级技术快速发展并颠覆商业世界，人工智能正在侵占越来越多的人类领地。

面对这些变化，我们需要问自己：未来需要什么样的人才？

答案是，成为终身学习者。终身学习意味着具备全面的知识结构、强大的逻辑思考能力和敏锐的感知力。这是一套能够在不断变化中随时重建、更新认知体系的能力。阅读，无疑是帮助我们整合这些能力的最佳途径。

在充满不确定性的时代，答案并不总是简单地出现在书本之中。“读万卷书”不仅要亲自阅读、广泛阅读，也需要我们深入探索好书的内部世界，让知识不再局限于书本之中。

湛庐阅读 App：与最聪明的人共同进化

我们现在推出全新的湛庐阅读 App，它将成为您在书本之外，践行终身学习的场所。

- 不用考虑“读什么”。这里汇集了湛庐所有纸质书、电子书、有声书和各种阅读服务。
- 可以学习“怎么读”。我们提供包括课程、精读班和讲书在内的全方位阅读解决方案。
- 谁来领读？您能最先了解到作者、译者、专家等大咖的前沿洞见，他们是高质量思想的源泉。
- 与谁共读？您将加入优秀的读者和终身学习者的行列，他们对阅读和学习具有持久的热情和源源不断的动力。

在湛庐阅读 App 首页，编辑为您精选了经典书目和优质音视频内容，每天早、中、晚更新，满足您不间断的阅读需求。

【特别专题】【主题书单】【人物特写】等原创专栏，提供专业、深度的解读和选书参考，回应社会议题，是您了解湛庐近千位重要作者思想的独家渠道。

在每本图书的详情页，您将通过深度导读栏目【专家视点】【深度访谈】和【书评】读懂、读透一本好书。

通过这个不设限的学习平台，您在任何时间、任何地点都能获得有价值的思想，并通过阅读实现终身学习。我们邀您共建一个与最聪明的人共同进化的社区，使其成为先进思想交汇的聚集地，这正是我们的使命和价值所在。

著作权合同登记号：图字：01-2023-4009 号

图书在版编目（CIP）数据

好故事如何掌控思维 / (美) 乔纳森·歌德夏 (Jonathan Gottschall) 著；许可译. --北京：中国纺织出版社有限公司，2023.10

书名原文：The Storytelling Animal: How Stories Make Us Human

ISBN 978-7-5229-1001-7

Ⅰ. ①好…　Ⅱ. ①乔…　②许…　Ⅲ. ①文学创作—文艺心理学—研究　Ⅳ. ①I04

中国国家版本馆CIP数据核字（2023）第178411号

责任编辑：刘桐妍　　责任校对：高　涵　　责任印制：储志伟

中国纺织出版社有限公司出版发行
地址：北京市朝阳区百子湾东里 A407 号楼　邮政编码：100124
销售电话：010—67004422　传真：010—87155801
http://www.c-textilep. com
中国纺织出版社天猫旗舰店
官方微博 http://weibo.com/2119887771
天津中印联印务有限公司印刷　各地新华书店经销
2023年10月第1版第1次印刷
开本：710×965　1/16　印张：12.75　插页：1
字数：193千字　定价：89.90元

凡购本书，如有缺页、倒页、脱页，由本社图书营销中心调换